Michael Mitrović

Kalavrita 1943

Verbrechen der Deutschen Wehrmacht

FSC
www.fsc.org
MIX
Papier aus verantwortungsvollen Quellen
Paper from responsible sources
FSC® C105338

Bibliografische Information der Deutschen Nationalbibliothek:
Die Deutsche Nationalbibliothek verzeichnet diese Publikation in der Deutschen Nationalbibliografie; detaillierte bibliografische Daten sind im Internet über dnb.dnb.de abrufbar.

Herausgegeben von Michael Schuster
Coverlayout, Satz und Fotografien: Salinos Design

Verlag:
BoD · Books on Demand GmbH, Überseering 33,
22297 Hamburg, bod@bod.de
Druck:
Libri Plureos GmbH,
Friedensallee 273, 22763 Hamburg
ISBN: 978-3-8192-3008-0

„Nach Auschwitz ein Gedicht zu schreiben,
ist barbarisch.“

Theodor Adorno
„Kulturkritik und Gesellschaft“ 1949/1951

„Noch aus der Distanz eines halben
Jahrhunderts sah er sich nicht imstande,
es in Sätze zu fassen, die wirklich
etwas bedeuten.“

Daniel Kehlmann
„Lichtspiel“ 2023

„…Hitler und die Nazis sind nur ein
Vogelschiss in unserer über
1000 jährigen Geschichte.“

Alexander Gauland
2.6.2018

Inhaltsverzeichnis

Vorwort

Im Oktober 1944 verließen die letzten Einheiten der deutschen Wehrmacht das seit Frühjahr 1941 besetzte Griechenland. Das griechische Volk hatte sich niemals mit der Besatzung sowohl der italienischen als auch der deutschen Armee abgefunden, wenn auch die eigenen Truppen kapituliert hatten. Im ganzen Land bildeten sich Widerstandsgruppen bis zur Formierung der „regulären" Untergrundarmee ELAS. Deren Aktivitäten fügten den Deutschen empfindliche Verluste zu, was diese wiederum zu ungeheuren, durch nichts zu rechtfertigende Sühnemaßnahmen veranlasste. Hunderte Dörfer wurden niedergebrannt, Geiseln erschossen, Vieh beschlagnahmt. Es handelt sich zweifellos um kapitale Kriegsverbrechen und fundamentale Menschenrechtsverletzungen, die die deutsche Öffentlichkeit sowie die jeweiligen Regierungen der Nachkriegszeit bis heute nicht annähernd aufgearbeitet haben.

Beide Seiten, sowohl die griechische als auch die deutsche, sind nicht gewillt, das Thema zur ganz großen Sache zu machen. Zwar erinnert die griechische Außenpolitik immer wieder dezent, aber deutlich vernehmbar an Reparationsforderungen sowie an die Rück- und Zinszahlung für einen im Krieg erpressten Zwangskredit. Dann aber sind gerade die Deutschen die treuesten Urlauber im Lande, da stören solche alten Rechnungen, zumal kaum noch jemand von den Zeitzeugen lebt.

Als ich zum ersten Mal griechischen Boden betrat, wir schrieben das Jahr 1973, war es sehr schwer, sich einigermaßen objektiv über die Geschichte Griechenlands im 20. Jahrhundert zu informieren. Ehrlich gesagt, hatte ich das auch gar nicht im Sinn. Zum einen lief gerade die letzte Phase der Militärjunta. Ich trieb mich an der Universität in Athen oder in verbotenen Kneipen herum, in denen die Musik von Theodorakis gespielt wurde. Dann aber wieder war ich durch meine serbische Abstammung vor allem auf die Nazigräuel in Jugoslawien gestoßen. Meine Verwandten hatten mir oft erzählt, dass, wie es hieß, einhundert Einheimische erschossen wurden für einen von den Partisanen getöteten deutschen Soldaten. Die furchtbaren Massaker von Kragujevac und Kraljevo, wo 5000 Geiseln erschossen worden waren und ganze Schulklassen mit ihren Lehrern zur Schlachtbank geführt wurden, stand uns allen vor Augen.

Erst viele Jahre später, nach dem Studium der Sprachen und der Geschichte des Balkans, machte ich mich auf die Suche nach der Wahrheit. Gerade weil ich kein gewöhnlicher Tourist in Griechenland (und in Serbien) war, sondern mit meinen deutsch-griechischen Freunden ihr Leben dort im Alltag teilte, wollte ich tiefer eindringen in das Geflecht von Vergangenheit, Gegenwart und Zukunft.

Vielleicht hatte ich mich in all den Jahren auch unbewusst ferngehalten vom Wissen um die schrecklichen Gräueltaten der Deutschen in meiner Wahlheimat Griechenland. Vielleicht wollte ich mir ein geistiges Refugium erhalten, um wenigstens im Nachfolgeland der klassischen Antike meine Seele zur Ruhe kommen zu lassen. Mein Mutterland hatte sich durch die Shoa für immer die Hände mit Blut besudelt. Mein Vaterland hatte im 2. Weltkrieg vor allem wegen der starken Tätigkeit von Titos Widerstandskämpfern einen ungeheuren Blutzoll entrichten müssen – auch in einem parallel geführten Bruderkrieg, der Royalisten gegen die Kommunisten.

Erst sehr spät, nach 30jährigem regelmäßigen Aufenthalt in meinem Domizil in der Bucht von Korinth, im Alter von fast 50 Jahren, kamen die Ereignisse der unheilvollen Kriegsjahre auch zu mir. Auf meinen Fahrradtouren mit meinem Mountainbike durchquerte ich die gesamte Nordpeloponnes. Wiederholt wurde ich auf die Schönheit der Wanderung von Diakofto nach Kalavrita, direkt an der berühmten Zahnradbahn, hingewiesen. Niemand von meinen griechischen Freunden hatte mich in diesem Zusammenhang je darauf hingewiesen, die Gedenkstätte, das Museum oder die stehengebliebene Uhr am Kirchturm zu besuchen. Das ist natürlich in Ordnung. Niemand möchte seine Freunde mit der Nase auf die peinlichsten Orte seiner Heimat stupsen. Auch für Weimar gilt sicher: erst kommt der Ruhm für die deutsche Dichtergarde der Klassik, danach das Gedenken an Buchenwald. Ein „Katastrophentourismus" würde der Sache mehr schaden, als dass sie zur allgemeinen Aufklärung und Bildung beitrüge.

Auch haben sich meine griechischen Gesprächspartner immer äußerst wortkarg und zurückhaltend geäußert, wenn die Rede auf den Krieg und den Bürgerkrieg kam. Weder brüsteten sich die einen, noch die anderen, ihre jeweiligen „Heldentaten" kund zu tun. So ist das wohl immer: Menschen, die jahrelang in kriegerische Handlungen verstrickt sind, seien es reguläre Soldaten oder Aufständische, reden nach Ende der Feindseligkeiten fast nie davon. Und wenn doch, dann sind es meist allgemeine Floskeln, so gut wie nie persönliche Erlebnisse. So hatte ich es ja auch bei meinem Vater erlebt, den die Deutschen nach der Kapitulation der jugoslawischen Armee 1941 als Kriegsgefangenen zur Zwangsarbeit nach Deutschland brachten.

Touristen wollen in aller Regel von all diesen Gräueltaten nichts wissen. Das ist einerseits gar nicht einmal schlecht. Manche sehen sich sogar als Friedensboten, die obendrein durch ihr gutes Geld dem „armen Griechenland“ helfen wollen und nur gute Absichten zeigen, indem sie nicht selten Freundschaft mit Einheimischen schließen. Auf der anderen Seite kann ein einigermaßen an Politik und Geschichte interessierter Mensch unmöglich niemals etwas bemerkt haben, was das Gleichgewicht zweier Staaten oder Kulturen belastet. Die Frage ist dann nur, inwieweit er sich darüber informieren möchte und kann. Die Kenntnis der Landessprache mag dabei eine Rolle spielen. Mittlerweile kann man sich jedoch längst, anders als in den 70er Jahren, leicht auf Englisch oder Deutsch über alle Aspekte der zeitgenössischen griechischen Geschichte informieren.

Bei mir war jedenfalls irgendwann der Punkt überschritten, an dem es kein Zurück mehr gab. So, wie ich früher überall die Spuren der Antike bewunderte, besichtigte und mit der Gegenwart ins Verhältnis setzte, so begegneten mir nun auf Schritt und Tritt die Spuren furchtbarer Verbrechen der Deutschen Wehrmacht im 2. Weltkrieg.

Plötzlich bekamen Ortsnamen und Regionen, die ich oft mit meinem Fahrrad durchquert hatte, einen völlig neuen Beiklang, einen Geschmack nach Qualm und Zerstörung, von Leiden und Tod.
Gespräche mit Einheimischen, Nachkommen oder Zugezogenen, kamen meistens nur mühsam in Gang. Nur wenn ich meine serbische Abstammung zu erkennen gab, taute mein Gegenüber überhaupt etwas auf. Selbst Bekannte erzählten erst nach Jahren, dass ein Onkel damals, im Dezember '43, als Kind alles mit ansehen musste. Über das Grauen zu sprechen bedeutet selbst zu leiden, Anteil zu nehmen. Das tut immer wieder aufs Neue weh!
Vielleicht tut es den Griechen aber gerade deswegen so weh, weil die Deutschen, die in der Nachkriegszeit, wenn auch nicht nach Kalavrita, so zahlreich als Touristen an die wunderschönen griechischen Strände kamen, aber niemals ein Wort darüber verloren, was ihre Vorfahren den Menschen dort angetan haben. Noch schlimmer: keine deutsche Nachkriegsregierung hat sich je bemüht, die Ereignisse wirklich aufzuarbeiten und eine echte Versöhnung anzustreben. Fast 57 (siebenundfünfzig) Jahre nach dem Massaker, im Jahr 2000, besuchte zum ersten Mal ein deutscher Spitzenpolitiker, Bundespräsident Rau, den Ort. Außer artigen Entschuldigungen und milden Gaben fiel nichts dabei ab.
Sicher kann die deutsche Regierung nicht alle im Krieg begangenen Verbrechen angemessen kompensieren. Dazu waren es einfach zu viele! Das griechische Volk hingegen fühlt eine große Ungerechtigkeit und auch Hilflosigkeit gegenüber dem „großen“ Deutschland. So, wie die deut-

schen Touristen schon seit Jahrzehnten aufgenommen und bewirtet werden, sieht man: alles ist vergeben! Jedoch vergessen werden darf es niemals!
In diesem Sinne habe ich versucht, das Massaker in Kalavrita im Dezember 1943 anhand von nacherzählenden und dokumentarischen Berichten darzustellen. Die Gefangennahme und Erschießung der deutschen Kompanie, die letztlich zur Katastrophe als „Sühnemaßnahme" führten, wird aus deutscher wie griechischer Sicht geschildert. Danach lasse ich eine Überlebende zu Wort kommen. Daran schließt sich die Rückkehr der Aufständischen an, die es natürlich nicht auf ein Gefecht mit den Deutschen haben ankommen lassen. Die groß angelegte Säuberungsaktion der Wehrmacht gegen die Partisanen auf der Nordpeloponnes wird im Gefecht von Lalas dargestellt. Den Abschluss bildet die Geburt eines Mädchens mitten im Chaos am Tag der Zerstörung des Ortes. Sie stellt sozusagen das Sinnbild der Erneuerung, den Phönix aus der Asche dar. Es ist eine winzige Hoffnung, dass selbst in düstersten Zeiten ein kleines Licht leuchtet, ein neuer Mensch tritt in die Welt. Aber mit welch furchtbarer Hypothek...
Zwischen diese ernsten Texte sind kleine Skizzen und Erlebnisse gestellt, die während meiner frühen Aufenthalte in Kalavrita entstanden. Sie zeigen die anfänglich „naive" Begeisterung für Landschaft und Kultur. Schon bald aber mischen sich Bedenken mit ein, bis schließlich eine detaillierte Schilderung der Vorgeschichte und des Massakers selbst die Hauptsache meiner Notizen ausmacht.

Es versteht sich, dass bei dem gewählten Verfahren viele Einzelheiten mehrfach erwähnt oder geschildert werden, sei es aus verschiedenen Blickwinkeln oder um Sachverhalte in ihrer organischen Entwicklung darzustellen. So wächst im Laufe der Lektüre das Bewusstsein für den gesamten, schrecklichen Ablauf der Katastrophe.
Es wurde darauf verzichtet, zu Beginn einen einführenden analytischen Text zu präsentieren, um das Thema zu umreißen und die historischen Tatbestände einzuordnen. Wer das unbedingt braucht, sollte mit dem sechsten und letzten Einschub „Abgesang“ – „Die Fahrt von Patras nach Kokkoni“ beginnen und den zeitlichen Verlauf dazu verfolgen.

Verbrechen an der Menschheit verjähren niemals!
Egal, wo sie begangen wurden!
Egal, von wem sie begangen wurden!
Sie werden niemals vergessen werden!
Auch wenn manche deutsche Politiker meinen, die Nazizeit – und damit auch die von den Nazis zu verantwortenden Kriegsverbrechen – seien nur „ein Vogelschiss in unserer über 1000jährigen Geschichte“. Noch nach tausend Generationen wird man nachlesen können, was damals im Dezember 1943 deutsche Soldaten unschuldigen griechischen Menschen angetan haben.
Und für alle Ewigkeit gilt: Schuld kann nur vergeben werden, wenn beide Seiten aktiv daran arbeiten!

1 Kleine Wanderung in Kalavrita (Ouvertüre)

Verschiedene Freunde hatten mir bereits erzählt, dass man an der Zahnradbahn entlang von Diakofto nach Kalavrita wandern könne. Sie schwärmten von der Schönheit der Strecke, die einen Teil des Europäischen Wanderwegs E4 darstellt. Das konnte ich mit meinem Mountainbike natürlich nicht erleben. Zwar verläuft der obere Teil der Straße von Kalavrita bis etwa Ano Zahlorou dicht neben der Bahnstrecke. Aber fahren auf Asphalt mit etwa 15km/h (bergab 25-30) ist eben doch etwas Anderes als meditatives Wandern. Übrigens hört man beim Fahrradfahren kaum Naturgeräusche, sondern den Fahrtwind und die übrigen Verkehrsteilnehmer.

Selbstverständlich hatte ich vor, einmal die gesamte Tour zu gehen. Um mir darauf Appetit zu machen, beschloss ich, mein Rad in Kalavrita zu deponieren und ein, zwei Stunden bergab zu wandern. Ehrlich gesagt, konnte ich mir nur schwer vorstellen, wie man am/auf dem Bahngleis vorankommen sollte. Es war also ein Experiment!

Der Tag war nicht zu heiß und ich brach am frühen Nachmittag auf, und zwar direkt am kleinen Bahnhof. Ein Zug hatte gerade vollbesetzt die Rückfahrt ans Meer angetreten, da konnte also erstmal nichts nachkommen. Und den entgegenkommenden Zug würde ich ja hören und sehen. Von einer offiziellen Würdigung oder Kennzeichnung des „E4“ war keine Spur zu sehen. Neben dem Gleis war eine ausgetretene Spur, auf der ich bequem vorankam.

Damals hatte ich mich noch nicht intensiv mit den Einzelheiten des Nazi-Massakers im Dezember 1943 beschäftigt, ich kannte lediglich die groben Umrisse. Sonst wäre ich kaum ruhigen Gewissens auf diesen Wegen gewandert. Die erste Haltestelle nach etwa einer Stunde war z.B. jene des Ortes Kerpini, der von den Deutschen dem Erdboden gleichgemacht worden war. Ich aber hatte nur Augen für die Naturschönheiten: das sich rechts aufbauende Aroania-Gebirge mit dem Chelmos im Südosten, die sanfteren Hügel zur linken Seite, der zu meiner Linken munter fließende Vouraikos. Als die Bahntrasse den Fluss über eine große Bogenbrücke querte, machte ich Halt. Ich hatte ein wenig Respekt vor der Tatsache, dass ein Zug kommen könnte, während ich mitten auf der Brücke wäre. In Wirklichkeit musste ich aber aus zeitlichen Gründen sowieso umkehren. Ich war 90 Minuten ohne Pausen gewandert. Wenn ich nun eine Rast einlegte, dann wäre ich am späten Nachmittag zurück in Kalavrita. Die Fortsetzung bzw. die komplette Tour (in beiden Richtungen) folgte erst sechs Jahre später...

2 In Griechischer Gefangenschaft
(deutsche Sichtweise)

Der ganze Kladderadatsch begann Anfang September mit der Kapitulation der Italiener. Eigentlich war es ja ganz gut so, denn die Einheimischen haben die Italiener gehasst, wegen 1940 natürlich und es hatte da viele Probleme gegeben. Uns haben sie dagegen geschätzt, wegen unserer Technik und unserer Kultur. Jedenfalls die einfachen, normalen Griechen. Wir schätzen ja die antike griechische Kultur auch hoch ein, haben das alles in der Schule gelernt. Aber nun wurden die kommunistischen Andarten immer frecher. Die piesackten ihre eigenen Leute, stachelten sie gegen uns auf. Die waren gegen alle Besatzungsarmeen, egal ob deutsche oder italienische. Kann man ja irgendwie auch verstehen. Aber die bekamen ihre Befehle aus Moskau und da hört jeder Spaß auf! Ihre Aktivitäten nahmen rapide zu und sie störten vor allem unsere wichtigen Nachschubwege.

Jedenfalls marschierten wir einen Tag nach der Kapitulation der Italiener in den Bergort Kalavrita ein und entwaffneten die dort stationierte italienische Einheit. Danach ging es zurück an die Küste, wo wir wieder ein paar ruhigere Tage verbrachten. Das innere Gebiet der Peloponnes wurde von uns im Prinzip nun nicht mehr kontrolliert und man konnte von Woche zu Woche eine Zunahme der Andartenaktivität beobachten. Wir vermuteten schon lange, dass besonders Kalavrita ein Zentrum dieser Aktivität war, speziell das Kloster Agia Lavra. Effektiv waren allerdings auch die Italiener nicht gewesen.

Mitte Oktober wurde auch prompt ein Großunternehmen befohlen, das Gebiet zwischen der Nordküste und Kalavrita aufzuklären sowie den Feind nach Möglichkeit zu stellen und zu schlagen. Unsere Einheit war für die Erkundung an der Zahnradbahn von Diakofto bis Kalavrita vorgesehen.

Am 16. Oktober rückten wir morgens um 6 Uhr von der Küste südlich landeinwärts vor. Die meisten Ortschaften, die wir durchquerten, waren verlassen, selbst das Vieh hatten sie mitgenommen. Für uns war das natürlich ein Zeichen dafür, dass die Einheimischen mit den Kommunisten sympathisierten, weshalb sonst hätten sie vor uns flüchten müssen! Wir sahen lediglich einige Alte und Kinder. Vielleicht hat uns das unvorsichtig werden lassen, vielleicht fühlten wir uns zu sicher. Jedenfalls befahl Hauptmann Schober weder Außensicherung noch Voraufklärung. Wir kamen langsam hinab in den Kessel von Kalavrita. Wir konnten das Städtchen in der Ferne unten liegen sehen, als wir plötzlich Feuer von zwei Seiten bekamen. Das muss gegen 16.45 Uhr gewesen sein. Es entstand großes Chaos, wir suchten Deckung, versuchten herauszubekommen, wie stark der Feind war. Nach der Stärke des Feuers schätzten wir sie auf ca. 200 Mann. Sie waren uns wohl zahlenmäßig überlegen, wobei wir keine schweren Waffen mit uns führten, nicht einmal Funkgeräte. Aber auch die Andarten schienen nur Gewehre zu besitzen. Immerhin waren sie so stark, dass wir unsere Deckung nicht verlassen konnten. Offenbar hatte der Feind guten Einblick in unsere Stellungen. Was war zu tun?

Es machte sich allgemeine Ratlosigkeit breit. Andererseits begann es bereits zu dämmern, das könnte eine gute Gelegenheit sein, sich abzusetzen. Als es völlig dunkel war, bewegten wir uns langsam Richtung Südosten, wo wir keine feindlichen Kräfte vermuteten. Den Weg fortzusetzen, war sehr riskant. Wir waren ortsunkundig, wussten nicht, wo gefährliche Engstellen waren und konnten bei einem neuerlichen Angriff stark dezimiert werden. Auf einer Anhöhe übernachteten wir, es war kalt, ein Feuer durften wir aber auf keinen Fall anzünden. So bekamen wir kaum ein Auge zu. Es wurde beratschlagt, dass wir bei Einbruch der Morgendämmerung nach Nordosten aufklären, um den Feind zu umgehen. Ich befand mich im ersten Zug, unmittelbar hinter der Aufklärung, als es losging. Wir kamen nur wenige Hundert Meter weit, als wir Feuer bekamen, aus nördlicher und nordöstlicher Richtung. Vielleicht könnte es uns gelingen, uns weiter nach Westen abzusetzen und aus dem Bereich des feindlichen Feuers zu entkommen. Das Gelände war hingegen schwer zugänglich, wir kamen mühsam voran. Am besten ging es an kleinen Bachläufen entlang, manchmal gab es ausgetretene Pfade. Das Feuer von hinten nahm nicht ab, es schien, als wurden wir verfolgt.

An einer Stelle lagen wir zwei Stunden in einer Mulde, die Lage war völlig unklar. Außerdem hatten wir bereits vier Tote zu beklagen. Nun bekamen wir aus zwei Richtungen Gewehrfeuer, aus Südosten und aus Westen. Hatte der Feind Verstärkung bekommen oder uns mit seinen ursprünglichen Kräften eingekreist? Unser Chef Hauptmann Schober entschloss sich zunächst zu einem

Ausbruchsversuch in nordwestlicher Richtung. Wir hofften auf den Überraschungseffekt, hatten jedoch nicht mit einer solch starken Überlegenheit der Andarten gerechnet. Es war letztlich aussichtslos, wir wären alle draufgegangen! So entschloss sich Hauptmann Schober, zu kapitulieren. In diesem unübersichtlichen Moment scheint es zehn Mann gelungen zu sein, zu entkommen. Es begann zu dämmern und sie sind wahrscheinlich einen Bachlauf aufwärts gelaufen. Jedenfalls waren sie später verschwunden und niemand wusste, wo sie sich aufhielten. Wir hissten also eine weiße Flagge und ergaben uns in unser Schicksal. Natürlich hofften wir, dass wir schnell ausgetauscht würden, griechische Geiseln dürften genügend gefangen gehalten werden. Und dass sich die Andarten ernsthaft mit der Wehrmacht anlegen könnten, vermutete niemand.

Jetzt erst bemerkten wir die tatsächlich erdrückende Übermacht der Griechen, es müssen an die 400 Mann gewesen sein, abenteuerlich gekleidet, viele in italienischen Uniformteilen. Sie hatten einige leichte MG's bei sich, sie hätten uns sicher alle erschossen. Drei von uns waren im Gefecht schwer verletzt worden, wir legten sie auf Zeltbahnen und machten uns abmarschbereit. Die vier Gefallenen mussten wir unbestattet zurück lassen. Der Kommandeur der ELAS-Einheit, der uns gefangen nahm, versicherte uns, dass wir gut behandelt werden. Allerdings wäre die Bevölkerung sehr arm und durch die Besatzung noch ausgezehrter. Wir müssten mit deren Standard Vorlieb nehmen. Ich meine, er hieß Kapetan Michos. Er schien uns ein ganz vernünftiger Mann zu

sein und wir beruhigten uns etwas. Wir marschierten entwaffnet bergab ins Städtchen Kalavrita. Die drei schwerverletzten Kameraden wurden ins dortige Krankenhaus gebracht. Uns sperrte man in die Volksschule ein. Wir lagerten uns auf dem Boden und auf Tische, deckten uns mit unserer Zeltbahn zu. Wasser war ausreichend vorhanden, Brot und Konserven besaßen wir noch.
Am nächsten Morgen machte uns Hauptmann Schober mit dem Verbot bekannt, einen Fluchtversuch zu unternehmen. Er ging davon aus, dass man uns bereits suchte und Verhandlungen zum Austausch starten würde. Ein Fluchtversuch könnte für alle böse enden. Hätten wir gewusst, dass wir sieben ganze Wochen in Gefangenschaft bleiben mussten und doch nicht gerettet wurden – sicher hätte man dann anders gedacht. Aber am Anfang steht immer die Hoffnung! Wir waren jetzt noch 77 Mann, 10 waren bei der Kapitulation in den Bergen entkommen, 3 lagen im Krankenhaus. In den nächsten Wochen hörten wir nichts von ihnen.
In der Schule in Kalavrita blieben wir nur einen Tag, dann mussten wir weiter ins Landesinnere marschieren, in einen Ort Mazeika (heutiger Name: Klitoria). Zu essen bekamen wir ausreichend, aber sehr einfache Speisen. In den nächsten Wochen wurden wir zum Straßenbau eingesetzt, auch zu kleinen Maurerarbeiten. Wir wurden nicht schlecht behandelt. Man machte uns klar, dass man nichts gegen uns persönlich habe, wir seien gute Kerle. Aber es sei eben Krieg, und Feind sei Feind!
Es verging Woche um Woche. Man sagte uns, Verhandlungen zum Austausch seien im Gange, es könne nicht

mehr lange dauern, dann seien wir frei. Gegen Mitte November, wir waren nun fast vier Wochen in Gefangenschaft, bemerkten wir eine gewisse Unruhe bei den Andarten. Wir hörten heraus, dass die Wehrmacht wohl viele Tausend Geiseln genommen, aber auch etliche erschossen hatte. Nun hieß es plötzlich, sämtliche Verhandlungen zu einem Gefangenenaustausch seien abgebrochen worden. Am 29. November hörten wir, wie in der Ferne ein Luftangriff geflogen wurde, offensichtlich auf Kalavrita. Unsere Lage hatte sich sichtbar verschlechtert.

„Eure Leute nix gut!" hatte der wachhabende Andarte zu uns gesagt und meinte die Verhandlungsführer und vorgesetzten Dienststellen. Es war klar, etwas war in Gang gesetzt worden. Wahrscheinlich hatte man uns verzweifelt gesucht, verhandelt, Geiseln genommen und nach allen Fehlversuchen musste es jetzt knallen. Alle wurden nervöser, das war deutlich zu spüren. Wir bekamen mit, dass deutsche Einheiten sich von allen Richtungen auf Kalavrita zubewegten. Am 5. Dezember hörten wir weiter im Süden Gefechtslärm. Die Lage hatte sich verändert. Wir mussten augenblicklich aufbrechen, über das Bergdorf Kallithea nach Planiterou, einer größeren Ortschaft im Tal mit einer starken Quelle.

Dort tauchte plötzlich ein Engländer auf, wie es hieß, ein Verbindungsoffizier zur ELAS. Es war der 6. Dezember, unser Schicksalstag. Es gab wohl gewisse Besprechungen zwischen diesem Briten und Kapetan Michos. Die Atmosphäre war gespenstisch, mal hieß es, wir würden freigelassen, dann wieder fiel der ganze Hass auf uns.

Wir spürten, glaube ich, alle, dass hier über unser Schicksal, über unser nacktes Leben verhandelt wird.
Am späten Nachmittag kam der Brite zu uns, er verteilte einige Zigaretten und machte ein mürrisches Gesicht. Es tue ihm leid, aber er habe nichts für uns erreichen können. Es tue ihm wirklich leid... Er verließ den Ort. Wir waren nun auf das Schlimmste gefasst. Und wirklich: am Abend wurden wir zusammengetrieben, zu zweit aneinander gebunden und alle 77 Mann bergauf getrieben. Wir stolperten oft im Dunkeln, vorne weg schritten vier Führer mit einer Lampe, am Schluss gingen ebenfalls vier bewaffnete Andarten mit einer Fackel. Der Aufstieg war äußerst mühsam. Wir durchquerten ein verlassenes Dorf und kamen in eine völlige Einöde, Wir hatten keinerlei Orientierung. Ich ging ziemlich in der Mitte des Haufens, zusammengebunden war ich am Handgelenk mit dem Kameraden Müller.
Plötzlich ein Schieben und Schubsen von vorn und hinten, gleichzeitig MG-Garben, Geschrei, Geröchel, Abrutschen von Geröll. Mir brach der Schweiß aus, ich hatte panische Angst, mein Darm entleerte sich wie von selbst. Müller kam ins Stolpern, riss mich die steile Böschung mit hinunter. Wir blieben an einigen Ästen hängen. Der Lärm über uns dauerte an, es fielen Männer an uns vorbei, MG`s ballerten, gellende Schreie, die sich in die Tiefe entfernten. Blut spritzte. Ich hielt mich krampfhaft an dünnen Bäumchen fest, etwa vier Meter unterhalb der Kante. Müller hing schlaff an meinem Arm, er schien tot zu sein. Ich musste ihn irgendwie loswerden, er war

zu schwer und würde mich bald mit in die Tiefe reißen. Von oben kamen einige MG-Garben in unsere Richtung, Müllers linker Schuh zuckte, mich streifte ein Schuss am Oberschenkel. Dann wurde es schnell völlig ruhig. Die Andarten verschwanden und man hörte keinen Laut mehr.

Sie schienen alle erschossen und in die Schlucht gestürzt zu haben, außer mich und Müller. Wir blieben zufällig in den Bäumen unmittelbar unter der Kante hängen, nur dass Müller tot war. Wahrscheinlich hatte in der Schlucht niemand überlebt. Es war jedenfalls kein Laut wahrzunehmen. Es gelang mir, mich von Müller frei zu machen. Er rutschte ab und schlug unten auf, ein unschönes Geräusch. Ich kroch nach oben, ich konnte es nicht fassen, ich war am Leben. Mein linker Oberschenkel tat etwas weh, die Hose war aufgerissen, es trat nicht viel Blut aus. Ich blieb bis zum Morgengrauen in einem nahen Gebüsch, aus Angst, die Andarten könnten zurückkehren, um die Toten zu beseitigen. Später näherte ich mich der Ortschaft, durch die wir in der Nacht gegangen waren. Sie war leer, ich fand etwas zu essen und versteckte mich. Ich hatte Angst, nach Planiterou hinab zu gehen. Also blieb ich erst einmal hier. Die Nacht schlief ich in einer Hütte etwas außerhalb des Ortes. Am Morgen des 8. Dezember hörte ich Lärm in der Ferne. Schnell erkannte ich, dass es ein deutscher Suchtrupp war, ich war gerettet. Am Abend war ich auf dem Rückmarsch ans Meer!

3 Von Kalavrita nach Feneos (Zwischenspiel)

Die Straßen im Inneren der Peloponnes sind vor allem abseits größerer Zentren wenig befahren. Dafür sind sie freilich für Fahrräder oft wenig geeignet wegen des schlechten Zustandes. Noch reizvoller ist die Passage über unbewohnte Höhenzüge, wo es allerdings lediglich Waldwege gibt, die an vielen Stellen steinig, mit Baumwurzeln bedeckt oder extrem ansteigend bzw. fallend sind. Sie führen kilometerlang durch Einöde, wenn hier etwas passiert, ist man zunächst mal der Natur ausgeliefert. Mit dem Fahrrad kann man gar nicht schnell fahren, und wenn es doch einmal glatt bergab geht, empfiehlt es sich, sehr langsam und wachsam zu fahren. Ich zog es dagegen vor, die gesamte Teiletappe mein Mountainbike mit Gepäck zu schieben. Wilde Abfahrten haben sogar schon einen Gabelbruch produziert!

Ich machte mich also auf den Weg von Kalavrita Richtung Süden auf der gut zu befahrenden Straße, zu der parallel der Wanderweg E4 verläuft. Vorbei am Abzweig in das Skigebiet des Chelmos ließ ich Ano und Kato Lousi links unter mir liegen. Auch für die bekannte Höhle der Seen in Kastria hatte ich keinen Blick. Kurz danach bog ich nach Osten ab, Richtung Feneos. Hier bewegte ich mich in politisch „vermintem“ Gelände. Oberhalb des Ortes Planiterou, in der Nähe des Weilers Elatofito, wurden während des Zweiten Weltkrieges etwa 80 deutsche von den griechischen Partisanen gefangene Soldaten umgebracht. Dies führte in der Folge zu einer der berüch-

tigsten Sühnemaßnahmen der Wehrmacht, die wenige Tage danach, im Dezember 1943 über 500 Männer in Kalavrita erschossen.
Der letzte Ort, den ich durchquerte, Valtos, wurde ebenfalls damals zerstört. Aber genau wie im Kriege, war der Ort auch heute wie ausgestorben. Damals brachten sich alle Bewohner rechtzeitig in Sicherheit und retteten so wenigstens das nackte Leben. Heute ist der Ort nur zeitweise zur Aussaat und Ernte bewohnt.
Kurz vor dem Ort endete die Asphaltstraße, von nun an hieß es schieben. Ich bewegte mich auf etwa 1000m über Meereshöhe. Die Luft war wunderbar, es roch nach Kiefer und das Gelände war nicht anstrengend. Ab und zu lud die ebene Wegstrecke zum Aufsteigen ein, jedoch dauerte es jedes Mal nicht lange, bis doch wieder Unebenheiten zum Absteigen zwangen. Links und rechts erahnte man Höhen von über 2000m, weit und breit keine Menschenseele! Auch waren keine Zikaden zu hören auf dieser Höhe, dafür ein schönes Vogelkonzert. Es machte einfach großen Spaß, hier entlang zu marschieren.
Nach etwa zwei Stunden sah ich bereits die kleine Kirche des Heiligen Georg unten im künstlichen See schimmern. Es war also nicht mehr weit bis Archaios Feneos. Es ging bereits stetig bergab und ich konnte es nicht lassen, mich aufs Rad zu setzen und vorsichtig Schlaglöcher und Steine zu umfahren. Und so rollte ich zufrieden in den Ort ein, gestärkt durch ein wunderschönes Naturerlebnis mehr!

4 Erschießung der Gefangenen (griechische Sicht)

Wir hatten schon lange darauf gewartet, dass sich die Spaghettis ergeben würden. Diese unfähigen, hochnäsigen Kulturträger aus dem Westen! Dass ich nicht lache! Wer hat sie denn 1940/41 besiegt? Auf den Knien waren sie zu Hitler gekrochen, nur der hat sie retten können. Unsere griechische ruhmreiche Armee hat sie vollständig geschlagen. Es sind auch verdammt viele von uns draufgegangen oder haben sich Finger oder Zehen erfroren. Und dann wurden sie uns im Sommer 1941 als Besatzer vorgesetzt! Die Verlierer sollen über die Sieger wachen, wer hat so etwas schon einmal gesehen! Kein Wunder, dass sich bei der Situation viele ehemalige Kämpfer in den Untergrund zurückzogen und Widerstand leisteten. Im Übrigen waren die Italiener unfähig, unser Gebiet zu kontrollieren. Ich hatte auch den Eindruck, dass sie es gar nicht ernsthaft versuchten. Ich glaube, die wollten um jeden Preis ihren Arsch retten. Jedenfalls hatten sie eine Garnison in Kalavrita stationiert, die praktisch die ganze Nordostpeloponnes kontrollieren sollte. Und gleich daneben, nämlich im Kloster Agia Lavra, war unser Hauptquartier. Dort hielt sich unser ELAS-Kommandant Kapetan Dimitrios Michos auf. ELAS ist die Abkürzung für Griechische Volksbefreiungsarmee. Wir waren diejenigen, die fast die gesamte Peloponnes kontrollierten. Nur die wichtigsten Nachschubstraßen wurden einigermaßen gesichert, aber auch dort waren die Besatzer keineswegs vor unseren Überfällen sicher.

Und nun endlich, am 9. September 1943, gepriesen sei Gott, kapitulierten diese ehrlosen Itaker. Darauf hatten wir gewartet: wir besetzten sofort den Ort Kalavrita. Die Italiener wollten sich uns jedoch nicht ergeben, sie setzten sich rechtzeitig in die Berge ab. Freilich ließen sie eine fette Beute zurück, schwere MG's, Gewehre, Munition, Material, große Mengen an Lebensmitteln. Wir waren aber nur wenige Leute, außerdem konnten die Deutschen jeden Augenblick auftauchen. Und in der Tat, am nächsten Tag erreichten deutsche Truppen Kalavrita und entwaffneten die Italiener offiziell. Es war uns gelungen, einen Teil abzutransportieren. Jetzt mussten wir aus der Entfernung zusehen, wie sie auf ihre Lastwagen den Rest luden. Sie zogen ab und ließen niemanden zurück, das fanden wir schon merkwürdig. Jedenfalls haben wir sofort, als sie weg waren, die von uns konfiszierten Lebensmittel unter die Bevölkerung verteilt. Im Grunde haben wir unseren Leuten lediglich einen Teil dessen zurückgegeben, was die Italiener ihnen abgepresst, also gestohlen, hatten. Wir warteten vorsichtshalber einige Tage und als die Deutschen tatsächlich nicht wiederkamen, rückten unsere ELAS-Einheiten am 18.9. in Kalavrita ein. Wir gründeten als erstes ein Volksgericht und errichteten eine kommunistische Verwaltung. Natürlich waren nicht alle für uns, aber allen war doch klar, dass sich unser Volk zur Wehr setzen musste.

In den nächsten Wochen schickten wir unsere Störtrupps los, die Deutschen an ihrer empfindlichsten Stelle zu treffen. Sie besaßen nicht genügend Truppen, um die gesamte Peloponnes zu beherrschen, mussten dennoch entfernt

liegende strategische Punkte besetzen. Zu diesen hin musste der Nachschub geregelt werden. Das war unsere Beute. Wir überfielen Nachschubtransporte an unübersichtlichen Stellen und fügten dem Feind dadurch erhebliche Verluste zu. Nach dem Angriff zogen sich unsere Leute sofort in die Berge zurück, wo die Deutschen sie mangels Kräften und Ortskenntnissen nicht verfolgten.
Der vorläufige Höhepunkt war ein Angriff auf eine Luftwaffenfeldkompanie am 16. Oktober bei Magoula, zwischen Athen und Korinth. Mehr als 100 Feinde töteten wir im Kampf, im Rausch des Hasses mussten noch einmal 30 Gefangene daran glauben. Vielleicht war das des Guten zu viel gewesen. Denn plötzlich gab es aus allen Ecken und Enden Meldungen von heranrückenden Nazis. Unsere Einheit war gerade im Bereich nördlich Kalavrita eingesetzt. Am gleichen Tag, an dem in Magoula 130 Deutsche starben, bekamen wir eine Meldung, dass eine Kompanie von ihnen Richtung Kalavrita, von Norden kommend, aufklärt. Wir fühlten uns ihnen klar überlegen, wir verfügten über 200 Mann, jeder hatte ein Gewehr und 30 Schuss Munition, außerdem besaßen wir zwei schwere MG's und einige Handgranaten. Wir waren wild entschlossen, uns dem Feind zum Kampf zu stellen. Und tatsächlich beobachteten wir, wie ein Trupp in Kompaniestärke gegen 13 Uhr langsam aus dem Tal des Vouraikos auf die Höhe bei Rogoi vorstieß. Es müssen blutige Anfänger gewesen sein, denn sie hatten keine Aufklärung oder Außensicherung. Sie schienen sich ihrer Sache sehr sicher zu sein. Wir überlegten, wo wir sie am besten packen könnten und auf welche Weise. Wir wähl-

ten eine Stelle, tausend Meter nach dem Ortsausgang von Rogoi, dort ging es in mehreren scharfen Kurven bergab. Es gab keine Fluchtmöglichkeit. Wir wollten sie von zwei Seiten unter Beschuss nehmen, aber erst, nachdem etwa ein Viertel von ihnen die Engstelle passiert hatte, das würde zu ihrer Zersplitterung beitragen.
Sie erreichten den Ort Rogoi. Die Einwohner mit dem Ortsvorsteher begrüßten sie unterwürfig, brachten ihnen zu essen, aber die Deutschen waren nicht an einem längeren Aufenthalt interessiert. Sie befragten die Bauern nach uns Widerstandskämpfern. Natürlich wussten alle, wo wir uns aufhielten, dass das Kloster Agia Lavra unser Hauptquartier war, wie viele wir waren… Aber alle taten so, als wüssten sie von nichts. Ihren Kindern zu Hause erzählten sie absolut nichts von uns, damit diese nicht ihre eigenen Eltern verraten konnten. Allerdings waren die meisten Bauern gegen uns Kommunisten. Sie mussten uns dulden, sie konnten auch von uns profitieren. Oft wurden jedoch von den Deutschen Sühnemaßnahmen gegen sie durchgeführt: Geiseln festgehalten, auch erschossen, Vieh und Lebensmittel konfisziert. Für uns war es nicht einfach, dabei zuzusehen. Aber was sollten wir denn tun? Stillhalten? Zuschauen, wie die Nazis das Land plünderten, unsere Leute als Zwangsarbeiter abtransportierten, die Juden vernichteten? Die Bauern sagten also, sie hätten uns seit Tagen nicht gesehen, sie würden in ihrem Dorf keinerlei Waffen verstecken, sie würden mit der Besatzungsmacht kooperieren. Die Deutschen wollten oder mussten das glauben und zogen halb erleichtert, halb unwirsch weiter.

Es war kurz nach vier Uhr, als der letzte Soldat das Dorf verlassen hatte. Sie hatten jetzt immerhin eine Vorraussicherung aufgestellt, die mit Gewehren im Anschlag nach links und rechts Ausschau hielt. Uns konnten sie unmöglich einsehen, wir saßen gut getarnt einige Dutzend Meter über ihren Köpfen. Ganz genau konnten wir sie nun erkennen, wie sie da etwas müde und ziemlich bepackt mit Stahlhelm, Rucksack, Zeltplane und Spaten die Straße herabkamen. Die Vorhut hatte unsere Linien überquert und nachdem weitere 10-15 Mann passierten, gab Michos das Zeichen.
Wir feuerten fast gleichzeitig von beiden Seiten und rollten schwere Felsbrocken herab. Die Verwirrung war groß, Geschrei, Herumgelaufe, wildes Geschieße. Auch wir verloren die Übersicht. Diejenigen, die unsere Stellung schon passiert hatten, versuchten verzweifelt, zurück zu gelangen. Zwei von ihnen wurden dabei von uns erschossen. Der Hauptteil der Kompanie wich eilig zurück in Richtung Rogoi. Da sie aber vermutlich Angst hatten, dass sich im Dorf weitere Partisanen aufhielten, bogen sie links in einen schmalen Weg ein, der in das Nachbardorf Kerpini führt.
Da es bereits zu dämmern angefangen hatte, entschlossen wir uns, sie heute nicht mehr zu verfolgen. Bei völliger Dunkelheit würden wir sie auf keinen Fall alle kriegen. Wir schickten vielmehr einen Melder in die Berge, wo sich Kapetan Gkikas mit weiteren 200 Andarten aufhielt. Gemeinsam würden wir morgen bei Sonnenaufgang den Feind aufspüren und vernichten. Jetzt, in der Dunkelheit, konnte er nicht weit kommen, das Gelände war schwierig.

Wir würden zwei Kundschafter aussenden, die die Kompanie im Auge behalten sollten.
Der Melder war noch vor Mitternacht zurück, die Verstärkung würde um fünf Uhr morgens ankommen. Einer der beiden Späher meldete, dass die Deutschen auf einer Anhöhe zwischen Rogoi und Kerpini übernachteten. Na also, genauso hatten wir uns das vorgestellt! Es war noch Zeit, ein Auge zuzudrücken. In vier Stunden würden wir aufbrechen, gemeinsam mit Gkikas Leuten. Wir waren uns unserer Sache sehr sicher.
Gegen halb fünf erreichten Gkikas Leute unsere Stellung. Wir beratschlagten uns. Er mit seinen Andarten sollte von Süden gegen die Höhe Prof. Ilias (1525m) vorgehen. Dieses Hindernis würden die Deutschen nicht überwinden können, sie würden nach Westen und Nordwesten abgedrängt. Unsere Männer kämen aus ostnordöstlicher Richtung oberhalb Rogoi und würden sie treiben. Die Gegend, in die sie abgedrängt würden, ist schwer zugänglich, es gibt kaum Pfade, viele kleine Bachläufe und wenig Deckung.
Als die Dämmerung einsetzte, hatten wir unsere Ausgangsstellungen eingenommen. Wie wir vorausgesehen hatten, bewegte sich die deutsche Kolonne langsam in nordwestlicher Richtung, oberhalb der Ortschaft Kerpini, rechts über ihnen das 1500 Meter hohe Bergmassiv. In einem bestimmten Augenblick eröffnete Gkikas das Feuer auf sie. Daraufhin gingen sie in Deckung und sicherten, so dass unsere Leute sie nun in Sichtweite hatten. In diesem Moment setzten sich die Nazis ab, indem sie eilig hinter einer Hügelkette verschwanden. Sie kamen

natürlich nicht weit und wenige Minuten später hatten wir sie erneut im Blickfeld. An der Stelle, an der sie zuerst in Deckung gegangen waren, hatten sie einen toten Soldaten zurückgelassen. Sie igelten sich nun ein, merkten wohl auch, dass sie quasi eingekreist waren: im Osten standen wir, im Süden Gkikas Leute, im Norden der Berg und im Westen völlig unbegehbares Gelände. Natürlich kann der einzelne Kämpfer immer weiter kommen, den Berg übersteigen, durch Bachläufe vorstoßen, über Geröll klettern. Aber eine ganze Kompanie geordnet herauszubringen, das war unmöglich.

Es entwickelte sich ein Schusswechsel. Beide Seiten gingen mit ihrer Munition sehr sparsam um, aus guten Gründen. Wir hatten eh nie genug davon und die Deutschen waren fern ihrer Basis. Wir hatten zwei Späher ausgeschickt, die uns vor eventuellem deutschen Entsatz warnen sollten. Immerhin konnten sie per Funk Verstärkung ordern (dass sie kein Funkgerät mitführten, wussten wir da noch nicht!). Auch wunderten wir uns, dass sie kein Signal schossen, um auf sich aufmerksam zu machen, wie wir das bei anderen Gelegenheiten beobachtet hatten. Wir brachten unsere beiden MG`s in Anschlag, jeder Fluchtversuch der Nazis musste zu einem Blutbad führen.

Da es bald zu dämmern beginnen würde, mussten wir uns entscheiden, was wir tun sollten. Wir könnten einen Sturmangriff inszenieren und sie zur Flucht zwingen und dann abknallen. Wenn wir sie nur belagern, könnten sie in der Dunkelheit versuchen, zu entkommen. Bei all unserer Mühe und Vorarbeit wäre das sehr dumm! Während wir noch überlegten, wurde der Schusswechsel plötzlich stärker, die Deutschen planten offensichtlich einen Ausbruchsversuch. Die MG's ratterten, Schreie ertönten, Röcheln, heiser geschriene Befehle. Dann Stille, die nur durch das leise Wimmern eines Verletzten unterbrochen wurde. Plötzlich erschien so etwas wie eine weiße Fahne an einem Gewehrkolben.

„Nicht schießen! Wir ergeben uns! Kapitulation!" Christos, der einigermaßen Deutsch konnte, rief ihnen zu: „Hande hok, Gewehr wek!" Es gab noch einmal große Unruhe drüben, wir schossen ein paar Mal in die Luft. Später erfuhren wir, dass etwa zehn Mann in einem Bachlauf verschwunden waren. Wir verzichteten darauf, sie zu verfolgen, zumal es nun schon recht dunkel war. Die Chance, sie zu erwischen, war nicht sehr groß. Die Deutschen kamen nacheinander einzeln aus ihrer Deckung, einige die Hände erhoben, andere die Hände hinter dem Kopf verschränkt. Manche hatten blutige Verbände um den Kopf, einige hinkten. Drei weitere Nazis lagen tot am Hang, sie waren vom Maschinengewehrfeuer niedergestreckt worden.

Ihr Anführer, ein Kapetan „Sober", stellte sich vor, gab seine Kompanie in unsere Hände. Die meisten Männer machten einen verängstigten Eindruck. Sie waren es eben nicht gewohnt, dass man sie in größerer Zahl gefangen nahm. Sie kannten die Angelegenheit nur in umgekehrter Weise: die großherrliche Wehrmacht sorgte überall für „Ordnung" und konnte festnehmen, wen sie wollte!

Drei Mann waren so schwer verwundet, dass sie nicht allein marschieren konnten. Sie wurden auf behelfsmäßigen Tragen aus Zeltbahnen gelagert. Wir sicherten Kape-

tan Sober zu, dass wir ihn und seine Leute gut behandeln würden. Im Übrigen würden sie sicher bald durch einen Gefangenenaustausch befreit. Wir marschierten ab Richtung Kalavrita. Wir nahmen den kürzesten Weg und kamen an den beiden Kirchlein Sotira und Agia Kiriaki vorüber. Niemand bekreuzigte sich, natürlich nicht.
In Kalavrita angekommen wurden die drei schwerer Verwundeten ins kleine Krankenhaus gebracht. Die anderen Gefangenen brachten wir in der Schule unter, gegenüber dem Bahnhof. Es waren insgesamt 77 Mann. Wasser war genug für sie vorhanden, wir gaben ihnen auch einige Brote, sie hatten ja noch eigene Verpflegung bei sich. Wir machten sie darauf aufmerksam, dass jeder Fluchtversuch aufs Schärfste bestraft würde, es würde scharf geschossen. Wir ließen zwei bewaffnete Männer als Wache zurück.
Die Aktion war nun erst einmal abgeschlossen, es war späte Nacht geworden an diesem 17. Oktober. Die Frage war jetzt, was mit den gefangenen Deutschen geschehen sollte? Man würde unverzüglich mit den Nachforschungen nach ihnen beginnen. Es konnten also in kürzester Zeit weitere deutsche Kräfte auftauchen, sehr wahrscheinlich besser bewaffnet und in größerer Zahl. Das hieß also, dass die Gefangenen sehr bald weiter in die Berge geführt werden müssten. Es sei denn, es käme sehr schnell zu einem Gefangenenaustausch. Aber daran glaubte niemand. Die Deutschen nahmen sicher an, sie könnten das Problem im Handumdrehen lösen.
Dann passierte eine dumme Sache. Wir hatten die drei verwundeten deutschen Soldaten im Krankenhaus nicht bewachen lassen. Sie konnten eh nicht fliehen, im Gegen-

teil waren sie auf unsere Hilfe angewiesen, wenn sie überleben wollten. Nun war einige Tage vorher bei einer sogenannten Säuberungsaktion im Nachbarort Doumena ein Grieche erschossen worden, weil eine Waffe bei ihm gefunden wurde. Das nahmen zwei junge Verwandte zum Anlass, auf Rache zu sinnen. Nachdem sie erfahren hatten, dass eine ganze Kompanie Deutscher gefangengenommen worden war, schmiedeten sie schnell, man könnte sagen voreilig, ihren Plan. Mindestens ein Nazi musste für ihren ermordeten Verwandten sterben, das forderte die Gerechtigkeit. Als nun Meldungen eingingen, mehrere deutsche Trupps wären vom Meer aus aufgebrochen, um nach den vermissten Kameraden zu suchen, wurden unsere beiden Möchte-gern-Widerstandskämpfer nervös. Es musste schnell gehen, damit sie nicht selbst in Gefahr gerieten.
Nun bekamen sie die Information, dass drei dieser Nazis im Krankenhaus von Kalavrita lagen, unfähig zu laufen. Das brachte die beiden Jungen endgültig zur Weißglut. Mit welchem Recht werden verletzte Nazis in einem griechischen Krankenhaus behandelt, wo es dem eigenen Volk an allem mangelt? Sollten die etwa wieder kampffähig gemacht werden und noch jemanden ihrer Familie töten? Sie drangen mit Waffengewalt in das Krankenzimmer ein und schossen, ohne lange zu zögern, jedem der drei Deutschen eine Kugel in den Kopf. Danach zogen sie sich zurück und gingen in ihr Heimatdorf. Dort verrieten sie niemandem, was sie gerade getan hatten, innerlich nicht wenig stolz darauf, Rache genommen zu haben.
Nun war klar, dass die Gefangenen keine Stunde länger

in der Schule bleiben durften, jeden Augenblick konnten ihre Kameraden auftauchen, die nach ihnen suchten. Späher hatten am frühen Morgen des 19. Oktober deutsche Truppenteile in Doumena, Rogoi und Kerpini ausgemacht. Alle drei Orte liegen nördlich von Kalavrita, welches offensichtlich das Ziel ihrer Bewegungen war. Wir setzten sofort die Gefangenen in Marsch, sagten ihnen jedoch nichts von der Ermordung ihrer Kameraden im Krankenhaus, das hätte ihre Moral sicher herabgesetzt und uns Schwierigkeiten bereiten können. Wir trieben sie die ganze Nacht hindurch weiter nach Süden, bis zum Ort Mazeika (heutiger Name: Klitoria). Hier würden die Deutschen sie, nach unserer Meinung, nicht vermuten. Wir brachten sie bei einigen Bauern sowie in der Schule unter. Die Lage war angespannt. Niemand wusste, was die nächste Zeit bringen würde, weder für die Deutschen noch für uns war irgendetwas klar!

In dieses innere Gebiet der nordwestlichen Peloponnes hatten sich die Besatzer noch nie gewagt, trotzdem waren alle die ersten Tage sehr nervös. Nachdem wir allerdings die Nachricht erhalten hatten, deutsche Suchtrupps wären zwar in Rogoi und Kerpini einmarschiert, hätten auch die Leichen ihrer im Kampf gegen uns gefallenen vier Kameraden mitgenommen, seien aber einen Tag später, ohne in Kalavrita einzudringen, zurück zu ihrem Standort am Meer gegangen, beruhigten wir uns. Offensichtlich war ihnen nicht bekannt, dass wir uns mit ihren Leuten quasi in Sichtweite aufhielten bzw. vor wenigen Stunden noch aufgehalten hatten.

Wir befanden uns plötzlich in einer völlig neuen, ungewohnten Situation: wir verfügten über eine große Anzahl von Arbeitskräften, denn natürlich wollten wir sozusagen ein wenig Wiedergutmachung aus diesen Burschen herauspressen. Die meisten von ihnen setzten wir in der Ausbesserung der Wege ein. Durch Unwetter, die jährliche Schneeschmelze und Steinschlag gab es ständig Bedarf. Drei, vier gelernte Maurer bzw. Tischler beschäftigten wir beim Renovieren öffentlicher Gebäude. Zwei Leute mussten Essen zubereiten oder von den Bauern abholen. Das klappte alles ganz gut, mit vielen Deutschen freundeten wir uns regelrecht an. Vor allem die Österreicher und Franzosen, also aus den deutschsprachigen Gebieten des Elsass oder Lothringen, waren sehr zugänglich und immer für einen Scherz zu haben.

Die ersten beiden Wochen vergingen. Die Hoffnung auf einen schnellen Austausch war noch sehr lebendig. Allerdings war die Gesamtlage alles andere als günstig. Wohl aus Rache auf die Gefangennahme der Kompanie Sober durch uns hatten die Nazis wenige Tage später in einer gewaltigen Aktion auf der gesamten Peloponnes etwa 3000 Geiseln genommen, die sie in Gewaltmärschen von bis zu 120 km nach Korinth in ein Sammellager brachten. Daraufhin verstärkten wir wiederum unsere subversiven Aktivitäten gegen Nachschublinien, was schließlich immer häufigere schwere Übergriffe von Wehrmachtsoldaten gegen die Sicherheit und das Eigentum unseres Volkes zur Folge hatte. Es war also ein Kreislauf des Schreckens, der Rache und Sühne entstanden, der für Verhandlungen über einen Gefangenenaustausch äußerst ungünstig war.

Es gab Ultimaten, es gab Treffen von angesehenen Popen und Bürgermeistern mit unseren Führern, es gab Erschießungen – aber echte Verhandlungen kamen nicht zustande. So verging langsam der Monat November. Die Moral der Deutschen wurde schlechter. Die Nächte waren schon empfindlich kalt, das Essen äußerst eintönig und einfach, die Arbeit anstrengend, keine Nachricht von ihren Leuten und vor allem die große Ungewissheit vor dem, was weiter passierte.
Irgendwann musste der Punkt gekommen sein, an dem die ganze Sache eskalierte, es den Deutschen zu dumm wurde. Vielleicht war es Ende November, als unsere Männer ganz dreist am hellen Tag einen Feuerüberfall im Bahnhof Andritsa durchführten (in den Bergen südöstlich von Argos). Oder zwei Tage später der Überfall in Aigeion, für den dann am 3. Dezember 50 Geiseln von den Nazis erschossen wurden. Jedenfalls bekamen wir plötzlich aus allen Himmelsrichtungen Meldungen von heranrückenden deutschen Truppenteilen. Am 4. und 5. Dezember brachen Kampfgruppen aus Patras und Aigeion auf, die Verwüstung, Brand und Mord nach sich zogen. Von Süden schien sich ein motorisierter Verband zu nähern, man konnte Gefechtslärm aus der Richtung Pangrati vernehmen. Es war nun allerhöchste Zeit, die Gefangenen abzuziehen. Wir ließen sie innerhalb von 15 Minuten abmarschbereit sein. Dann ging es los. Unser Umgangston war rauer geworden, die Deutschen merkten, dass sich die Lage verändert hatte. Ihnen war klar, dass ihre eigenen Leute sie befreien wollten, aber wie sollte man sie finden? Und wie dann auch noch retten?

Wir marschierten Richtung Nordost, kamen durch den Ort Kallithea und gelangten schließlich nach Planiterou am frühen Morgen des 6. Dezember. Hier ließen wir die Männer am Dorfplatz lagern. Es lag eine drückende Atmosphäre auf der gesamten Szenerie. Am Nachmittag kam der britische Verbindungsoffizier Antony Andrewes aus seinem Hauptquartier in Mazi (Elatofiti) herunter. Im Grunde hatten die Briten uns nichts zu befehlen, wir hatten Andrewes sozusagen kaltgestellt. Fast könnte man sagen, er war unter Hausarrest. Er und Kapetan Michos beratschlagten sich bzw. tauschten ihre Meinungen aus. Ich glaube, der Brite war dafür, die Deutschen laufen zu lassen und sich in die Berge zurückzuziehen. Eigentlich hatte sich auch Michos das Ganze einfacher vorgestellt. Sie würden schließlich nicht größeren Kampfgruppen standhalten können. Aber nach sechs Wochen Gefangennahme jetzt einfach alles aus den Händen verlieren, ohne irgendeinen Nutzen zu haben? Und überhaupt wollte er es diesen beschwichtigenden Briten zeigen! Und den Deutschen erst recht!

Hier in den Bergen, in seinen Bergen, hatte er die oberste Gewalt und er entschied, trotz gewisser Bedenken und trotz eines unguten Gefühls, er, Kapetan Michos, entschied hier und jetzt, die gesamte deutsche Kompanie zu liquidieren! Als Rache für all das ausgestandene Leid! Als Rache für all die unschuldig erschossenen Geiseln! Und als Sühne für die Ermordung aller ELAS-Kämpfer! Noch heute Nacht würden die Deutschen hoch ins Gebirge geführt und dort erschossen. Er ließ acht zuverlässige Leute kommen, weihte sie in den Plan ein und gab

ihnen den Befehl, alles für die Ausführung vorzubereiten. Kaum je wieder würde sich die Gelegenheit ergeben, es den verhassten Besatzern so richtig zu zeigen!
Natürlich bemerkten die Deutschen unsere veränderte Stimmung, es machte sie nervös, ängstlich. Als Andrewes von Kapetan Michos kam, ging er zu ihnen und unterhielt sich mit einigen, er gab ihnen auch Zigaretten. Man sah sie sogar einmal gemeinsam lachen. Aber letztlich verließ er ziemlich zerknirscht den Haufen, um wieder in sein Quartier hoch im Gebirge zurückzukehren.
Gegen Abend, mit dem letzten Licht, ließen wir die Deutschen antreten. Wir sagten ihnen, dass wir sie noch höher ins Gebirge bringen müssten, da ihre Suchtrupps näher rückten. In der Tat waren die bereits in der Nähe der Ortschaft Mazeika, wo die Gefangenen fast sieben Wochen verbracht hatten. Sie würden zweifellos von ihrem Aufenthalt erfahren, auch dass sie erst gestern den Ort verlassen hatten. So gesehen hätte es durchaus stimmig sein können. Der Aufbruch jedoch in die völlige Wildnis sowie unser mittlerweile sehr schroffes Verhalten machte die Leute misstrauisch – zurecht, wie wir wussten. Darüber hinaus befahlen wir, je zwei von ihnen an den Händen zusammen zu binden. Wir sagten ihnen, das wäre eine Vorbeugemaßnahme, damit niemand in der Dunkelheit fliehen könne.
Zwei unserer Männer liefen mit einer Laterne voraus, zwei am Ende mit einer Fackel, vier weitere sicherten seitwärts, sie führten ein Maschinengewehr mit. Wir durchquerten das Bergdorf Mazi (heute: Elatofito), wo ganz oberhalb versteckt das geräumige Haus des Briten Andrewes

stand. Wahrscheinlich würde er unsere Lichter jetzt ausmachen und sich seinen Teil denken. Es ging noch höher hinauf, es war kalt und dunkel. Wir ließen eine kurze Rast machen, schickten heimlich die beiden Männer mit dem MG voraus. Sie sollten an einer bestimmten Stelle, wo der Pfad neben einem tiefen Abhang entlang führte, einen Hinterhalt aufbauen, so dass, wenn die Deutschen auftauchen, wir uns schlagartig zurückziehen. Auf unser Zeichen würden sie die Deutschen niedermähen.

Wir ließen weitermarschieren, wenn man das, was die Gefangenen da machten, marschieren nennen kann. Sie stolperten über Steine und Wurzelteile, tasteten sich an überhängenden Ästen vorbei, versuchten, irgendetwas in der Dunkelheit zu erkennen. Wir näherten uns der ausgemachten Stelle. Dann ging alles ganz schnell. Auf ein Zeichen stießen wir die Gefangenen mit dem Gewehrkolben voran, setzten uns gleichzeitig nach hinten ab und gaben dann das Kommando „Feuer!“ Das MG ratterte unerbittlich, gellende Schreie ertönten, Männer stürzten in die Schlucht, rissen andere mit, Röcheln, Schluchzen... Wir anderen schossen von der Seite mit unseren Gewehren auf alles, was sich noch bewegte.

Ja, wir handelten wie im Rausch! Sicher hatte in diesem Augenblick jeder von uns Kameraden und Verwandte im Sinn, die von den Besatzern getötet worden waren, das gab uns einen schrecklichen, unmenschlichen Antrieb, unser Werk zur Gänze zu vollenden. Wir wollten sie auslöschen, und sollte es unser eigenes Leben kosten! Vergessen die Stunden, in denen wir abends gemeinsam beim Essen saßen, Witze machten, manchmal sogar Fotos unserer Frauen und Kinder zeigten. Besonders ihr Kapetan Sober war stolz auf seine Frau, die in Deutschland bzw. eigentlich in Österreich auf ihn wartete. Er musste sie sehr geliebt haben.

Das große Gemetzel mag nicht viel länger als fünf Minuten gedauert haben. Ich weiß es nicht, in solchen Momenten bleibt die Zeit irgendwie stehen. Alles scheint sich hinter einem dicken Schleier in Zeitlupe abzuwickeln. Und doch so intensiv, dass du es niemals vergessen kannst. Wer noch zuckte, bekam den Gnadenschuss und wurde anschließend die Schlucht hinab gestürzt. Als hier oben niemand mehr zu sehen und zu hören war, lauschten wir in den Abgrund hinunter. Aber auch dort war es wieder still, totenstill, genau so still, wie es vor unserer Ankunft gewesen war. Da unten, etwa 60 Meter tief, lagen nun die zerschundenen Leichen von 77 deutschen Soldaten. Wir hatten hier nichts mehr zu verlieren.

Den Rückweg legten wir im Dunkeln zurück. Wir brauchten kein Licht, den Weg kannte jeder von uns ganz genau. Wir wollten aber auch nicht vom lieben Gott gesehen werden, denn in der Tiefe unseres Herzens spürten wir wohl, dass wir die große Maschinerie des Unrechts in diesem Krieg weiter angeheizt hatten und dass das sicher weitere Konsequenzen nach sich ziehen würde.

Die deutschen Suchtrupps hatten natürlich ihre Erkundigungen eingezogen. Von Mazeika aus, wo sie wenige Stunden nach der Erschießung ihrer Kameraden eintrafen, zogen sie direkt weiter nach Mazi. Dort stieß ein Überlebender unserer Aktion zu ihnen, von dem sie erfuhren, was passiert war. Irgendwie muss der uns bei dem ganzen

Tohuwabohu entwischt sein. Der konnte sie jedoch nicht zur Exekutionsstelle führen, er hatte keine Orientierung wegen der damaligen Dunkelheit sowie dem Schock, unter dem er noch immer stand. Sie suchten einige Wege ab, jedoch erfolglos. Aus diesem Grunde machten sie den Ort Mazi dem Erdboden gleich. Seltsamerweise blieb die sogenannte „Villa Brown“ oberhalb der Ortschaft unversehrt. Dort residierte Andrewes mit seinen Leuten, die allerdings das gesamte Geschehen beobachtet und sich rechtzeitig in die Berge abgesetzt hatten. Ich vermute, dass die Deutschen es eilig hatten, den Ort zu verlassen. Sie hatten von dem Überlebenden sicher von unserer Stärke gehört und konnten sich keineswegs sicher sein, nicht selbst überfallen zu werden. Freilich war die Villa nicht gut auszumachen, wer es nicht wusste, dass sie dort lag, würde sie schwerlich finden.

Das also war unsere große Tat! Sie war der Auslöser von monströsen Verbrechen der Nazis, „Sühnemaßnahmen“, wie sie es nannten. Verbrechen, die in einem Atemzug mit jenen in Lidice oder Ouradour genannt werden, oder auch in Kragujevac und Kraljevo. Letztlich war es wohl unsere Aktion, die zu den Massakern in Kalavrita und Umgebung führte. Aber das ist eine andere Geschichte, eine furchtbare Geschichte…

PS. Die Leichen der Deutschen wurden sechs Tage später geborgen, jedenfalls das, was von ihnen noch übrig war. Dazu bedienten sich die Nazis elf einheimischer Leute, die sie zu der Stelle führen mussten, an der sie lagen. Von diesen elf Männern erschossen sie anschließend zehn, einer entkam.

5 KALAVRITA IM HOCHSOMMER (Zwischenspiel)

Kalavrita am Sonntagmittag im August. Es muss ein besonderer Feiertag sein im Anschluss an Mariä Himmelfahrt, oder ein wichtiger Namenstag. Alle Cafés und Bars in der kleinen Fußgängerzone sind bis auf den letzten Platz besetzt, die Tische völlig mit leeren und vollen Flaschen und Gläsern übersäht.

Aus der Oberstadt nähert sich eine kleine Bauernfamilie, und zwar auf eine ganz spezielle Weise. Vorweg der Mann, sauber gekleidet, aber Hemd und Hose sind einfach und würden bei anderen Leuten als derbe Arbeitskleidung durchgehen. Er lief mehr als dass er ging, in seinen Augen ein funkelndes Glänzen, eine große Zufriedenheit. Vielleicht weil er gleich Verwandte treffen würde? Oder gut essen und trinken wird? Überhaupt mal raus von zu Hause?

Er hatte absolut keinen Blick für die ihm Folgenden übrig. Leicht versetzt hinter ihm – fast noch neben ihm – ging sein Sohn, der etwas kleiner als sein Vater und gut gebaut war. Dieser ging in normalen Schritten, so dass er sich etwas bemühen musste, Anschluss an seinen Vater zu halten.

Vom äußeren Eindruck her passte er nicht mehr ins ländliche Bild, man möchte annehmen, dass er entweder studierte (nicht gerade in Athen, eher in Patras oder Korinth) oder in einem größeren Ort an der Küste arbeitete.

Gut zwei Meter hinter Vater und Sohn versuchte die ganz in schwarz gekleidete Mutter mühsam Schritt zu halten mit den Beiden. Das fiel ihr umso schwerer, weil sie im Gegensatz zu Ehemann und Sohn recht beleibt war. Sie machte einen leidenden und genervten Eindruck und schien pausenlos auf ihren Mann einzureden, was denn wohl auch der Grund für seinen schnellen Schritt war.

6 Eine Überlebende in Kalavrita

Als dieser Krieg, den der verdammte Mussolini begann, eigentlich schon für uns gewonnen war, kam der größenwahnsinnige deutsche Hitler den Italienern zu Hilfe. Natürlich hatten wir gegen diese technische Supermacht, die uns obendrein zahlenmäßig total überlegen war, keine Chance. Unsere regulären Truppen kapitulierten, aber viele Soldaten zogen illegal in die Berge, dahin, wo die Besatzungsmacht sich kaum hin traute. Gerade auch in unserer Region fanden sich viele Widerstandskämpfer ein. Das nahe Kloster Agia Lavra, von dem aus der Funke im Griechischen Freiheitskampf 1821 ausging, wurde zu ihrem Hauptquartier und spornte alle an, es den Vorfahren gleichzutun. Es gab aber auch Kämpfer, die gegen die Kommunisten waren, die wollten die Monarchie wieder haben. In unserer Gegend waren diese aber deutlich in der Minderzahl. Das normale Volk jedoch murrte, es musste den kommunistischen Andarten Essen und Unterkunft stellen. Wenn die Kämpfer dann einen Italiener töteten oder ihren Nachschub angriffen, wurden wir einfachen Leute als Sympathisanten angeklagt.
Aber ich will nicht jammern. Solange die Italiener in Kalavrita waren, ging es uns noch einigermaßen ordentlich. Manchmal stahlen sie ein Schaf, ein Huhn, erpressten Nahrung gegen geringe Bezahlung. Aber man merkte schon, dass sie vor allem überleben wollten. Ein Risiko gingen die nicht ein! Sie suchten auch nicht systematisch nach Waffen, und wenn sie welche fanden, ließen sie sich leicht mit Ausflüchten und Entschuldigungen abspeisen.

Trotzdem wäre es uns Bewohnern am liebsten gewesen, wenn Italiener und ELAS-Leute gar nicht in der Region gewesen wären. Wir sind alle Bauern und kleine Händler, müssen hart für unser tägliches Brot arbeiten. Wir wollen unsere Ruhe haben, mit Politik haben wir nichts am Hut! Natürlich gab es den einen oder anderen, der Geschäfte mit den Italienern machte, wir sahen das nicht gern, begriffen aber, dass die Welt nur so funktioniert. Was soll man machen? Jeder muss sehen, wo er abbleibt.
Und dann kam eines Tages die Nachricht wie ein Donnerschlag: Italien hat vor den Westmächten kapituliert! Das war am 9. September 1943. Wir würden diese eingebildeten Hilfssoldaten loswerden. Ja, aber dann werden doch die Deutschen kommen! Na und, auch mit denen werden wir Geschäfte machen. Auch die wollen doch überleben und nicht sterben – so ging die Rede im Ort. Wer aber zunächst kam, das war Kapetan Michos mit seinen Leuten. Als die Italiener sie anrücken sahen, verkrochen sie sich in die Berge. Das war klar, die wollen auf jeden Fall lebend davonkommen. Es war aber auch klar, dass Michos die Stadt kaum gegen die deutschen Truppen verteidigen könnte.
Und tatsächlich wurden schon am nächsten Tag Naziverbände gemeldet, die den Ort am späten Vormittag erreichten. Jetzt waren es die Andarten, die sich fluchtartig absetzten. Die Italiener kehrten nun zurück, wurden von den Deutschen entwaffnet und noch am gleichen Tag zogen alle gemeinsam runter ans Meer. Plötzlich waren wir sozusagen frei, ein eigenartiges Gefühl. Die Andarten ließen Lebensmittel aus den zurückgelassenen Reser-

ven der Italiener verteilen, zogen sich dann aber zurück. Sie wollten wohl erst einmal abwarten, wie sich die Lage entwickeln würde. Normalerweise war zu erwarten, dass nun eine deutsche Garnison bei uns einrückte. Als das aber nicht eintrat, rückten nach einer Weile erneut Andarten ein, dieses Mal unter Führung von Kapetan Gkikas. Ich weiß nicht, weshalb die Deutschen nicht kamen. Vielleicht hatten sie die Neuordnung ihrer Kräfte noch nicht abgeschlossen. Denn ich glaube kaum, dass sie die Gefahr, die von den Andarten ausging, unterschätzten.
Unter Kapetan Gkikas sollte nun unser gesamtes Leben auf den Kopf gestellt werden. Er wollte eine kommunistische Verwaltung bei uns errichten, gründete ein Volksgericht, wollte Enteignungen vornehmen – was man eben so alles kennt von den Kommunisten. Sofort füllten sich die Gefängnisse, aber sie leerten sich auch schnell wieder. So einfach, wie sich das Gkikas und seine Leute zu Anfang dachten, war die Sache nun doch wieder nicht. Da hat also ein Bauer, der nicht gerade arm war, den Italienern 50 Schafe zu einem niedrigen Preis verkauft. Volksverrat! hieß es sofort. Die eigenen Leute hungern und du machst Geschäfte mit dem Feind. Geschäfte? Bei den erzwungenen Preisen? Und wenn ich die Tiere nicht verkauft hätte, hätte man sie mir gestohlen! Das ist die Wahrheit, nicht eure „neue Gerechtigkeit“!
Es blieben also nur diejenigen im Knast, die schon vorher saßen: ein Einbrecher und ein Mörder. Von den wenigen Wohlhabenden im Ort, dem Chef der Bank und dem Bürgermeister erpressten die Kommunisten einiges an Geld, aber nicht, um die ärmere Bevölkerung zu unterstützen, sondern für eigene Zwecke.

Daneben rückten die Andarten immer wieder aus, um irgendwo Aktionen gegen die Deutschen zu übernehmen. Von großen Erfolgen war in der Zeit damals nicht die Rede. So plätscherte unser Leben dahin, Woche um Woche verging, die Deutschen ließen sich nicht blicken und die Andarten wurden immer frecher und selbstbewusster. Von heute auf morgen spitzte sich allerdings die Lage zu, keiner weiß mehr so genau, was mit einem Mal los war. Östlich von Korinth sollen dortige Widerstandskämpfer 130 Deutsche angegriffen und getötet haben. Das war am 16. Oktober. Gleichzeitig wurden Aufklärungstrupps in unserer Region gemeldet, die von Kapetan Michos Leuten überfallen wurden. Die Deutschen ergaben sich einen Tag später und wurden nach Kalavrita gebracht und in unsere Volksschule eingesperrt. Das waren die ersten deutschen Soldaten, die wir gesehen haben. Sie brachten auch drei Schwerverletzte in unser Krankenhaus, die aber einen Tag später von zwei jungen Männern aus dem Nachbarort umgebracht wurden. Als sich am 19. Oktober deutsche Truppen dem Ort näherten, wurden die Gefangenen in Marsch gesetzt, weiter ins Innere, in die Berge. Die Truppen drangen aber gar nicht in Kalavrita ein, was uns außerordentlich gewundert hat. Sie hätten sonst sofort erfahren, dass ihre Kameraden ganz in der Nähe sind und alles getan, sie zu befreien. Aber es geschah nichts.

Wieder vergingen viele Wochen, in denen unser Leben einigermaßen normal weiter ging. Wir hörten nun ständig von Aktionen der Andarten, von Michos Leuten, von Gkikas Männern, die sich beide ihrer Heldentaten gegen die Besatzer rühmten. Man sprach aber auch davon, dass die Nazis Tausende von Geiseln nahmen, die sie im Falle von kommunistischen Überfällen erschießen würden, je nachdem, wie viele ihrer eigenen Soldaten dabei getötet würden. Diese Geiseln wurden auf der ganzen Peloponnes festgenommen: in Kalamata, Sparta, Patras, Tripolis. Sie sollen dann alle in einem Lager in Korinth festgehalten worden sein, so sagte man. Wir hatten alle ein schlechtes Gefühl. Die Andarten greifen rund herum die Deutschen an, ziehen sich schnell zurück und wir, die normale Bevölkerung, müssen dafür später büßen. Wo die gefangenen Deutschen abgeblieben waren, wussten wir damals nicht. Man sagte uns, sie würden nun für uns arbeiten, Straßenbau, Landwirtschaft und so. Ich habe sie nie wieder gesehen.

Anfang Dezember wurden die Deutschen aktiver. Westlich und südlich von Kalavrita soll es Gefechte gegeben haben, wir haben davon zuerst nichts mitbekommen. Aber am 8. Dezember begann der Hexentanz auch bei uns. Wir konnten die Rauchwolken in den nördlichen Bergen sehen, dort brannten die Dörfer Rogoi und Kerpini. Wir erfuhren, dass alle männlichen Bewohner erschossen wurden, weil die Deutschen die Leichen ihrer gefangenen Kameraden gefunden hatten und weil bei diesen Dörfern ein Kampf stattgefunden hatte. Einige wenige Männer hatten das Massaker wie durch ein Wunder überlebt. Sie beschworen unsere Männer, in die Berge zu fliehen. Sie waren sich sicher, dass uns alle das gleiche Schicksal erwartete. Es war furchtbar, von überall her hörte man in der Ferne Schüsse, sah Qualm aufsteigen.

Der Bürgermeister ließ seine Leute durch den Ort gehen. Es bestünde keine Gefahr, wir hätten uns nichts zu Schulden kommen lassen, hätten immer alle Forderungen der Besatzungsmacht erfüllt. Es bestehe kein Grund, in die Berge zu fliehen. Man würde niemandem ein Leid antun. Und was war mit den getöteten Verwundeten? Und den abgebrannten Dörfern rund um Kalavrita? Einzelne Bewohner hatten sich in die Berge geflüchtet, andere kamen zu Angehörigen nach Kalavrita. So erfuhren wir, dass auch Ano und Kato Zahlorou, das Kloster Mega Spilaion, Avles, Agia Kiriaki, der Bahnhof Kerpini, Souvardo und Vrachni zerstört waren. Sämtliches Vieh war abtransportiert worden. Was sollten wir tun? Wir blieben fast alle in Kalavrita. Das war ein großer Fehler!
Am Donnerstag, dem 9. Oktober, rückten deutsche Truppen in den Ort ein. Der Bürgermeister begrüßte sie feierlich und versicherte seinen unbedingten Gehorsam. Das machte aber keinen großen Eindruck auf die Nazis. Sie verlangten von ihm eine Namensliste der geflüchteten Andarten. Er gab sie ihnen bereitwillig in der Hoffnung, dass sie alle Nichtkommunisten und unbescholtenen Bürger in Ruhe lassen würden. Die Deutschen warteten keine Sekunde und zündeten unverzüglich die Häuser der ELAS-Kämpfer an. Deren Frauen, Kinder und Alte mussten hilflos mit ansehen, wie ihre ganze Habe mit ihrem Heim verbrannte. Mit Mühe konnte verhindert werden, dass das Feuer auf benachbarte Häuser übergriff. Die Deutschen schienen zufrieden zu sein. Offenbar war das alles, was sie von uns wollten. Sie zogen tatsächlich weiter, wir waren erleichtert. Der Bürgermeister beschwor

uns, alles sei gut. Den Familien der ELAS-Leute würde man tatkräftig unter die Arme greifen.
Die Deutschen zogen also weiter und wir blieben alle in Kalavrita. Sie zogen ins Nachbardorf Skepasto, wo sie alle Männer, über 300, vier Stunden gefangen hielten. Dann ließen sie sie schließlich doch frei. Alle flohen sofort in die Berge.
Wir nahmen nun an, dass wir das Schlimmste überstanden hätten. Ach, wenn das doch nur wahr wäre! Tatsächlich wurde es ruhiger um den Ort herum, die Deutschen schienen sich ans Meer zurückzuziehen. Aber schon am nächsten Tag besetzte eine neue Gruppe von deutschen Soldaten den Ort. Sie sahen grimmig aus und gaben von Anfang an harsche Befehle. Es herrschte plötzlich eine völlig andere Stimmung als am Tag zuvor. Dem Bürgermeister wurde aufgetragen, uns zu informieren, dass ab sofort eine Ausgangssperre von 20-5 Uhr gelte. Auch sonst sollten die Leute nur notwendige Gänge unternehmen. Bei Nichtbefolgen würde man ohne Warnung scharf schießen. Angst machte sich breit, wir standen praktisch unter Hausarrest, wir waren Gefangene.
Einige kampfesmutige junge Männer versuchten dennoch, bei Dunkelheit den Ort zu verlassen. Fünf von ihnen erschossen die Nazis, als sie auf ihren Zuruf nicht antworteten. Am nächsten Tag, Samstag den 11. Dezember, entdeckten die Deutschen die Leichen der drei Verwundeten aus dem Krankenhaus. Sie gruben sie aus und untersuchten sie genau. Natürlich bemerkten sie sofort, dass sie nicht ihren Verwundungen erlegen waren, sondern heimtückisch ermordet wurden. Jetzt begannen

genaue Befragungen über den Hergang der Tat. Man nahm sich alle vor, die etwas wissen konnten oder wissen mussten: den Arzt, die Schwestern, andere Kranke, den Pförtner, Nachbarn... Alle sagten das, was sie wussten. Alle sagten die Wahrheit, dass zwei junge Männer aus einem Nachbardorf damals, vor zwei Monaten, einen Tag, nachdem die drei im Krankenhaus eingeliefert wurden, plötzlich mit Waffengewalt hereinstürzten und sie töteten. Man sei machtlos gewesen, Waffen seien hier nicht geduldet, man habe sich nicht wehren können. Die Deutschen hörten sich das alles mit grimmigen Gesichtern an, ließen es sich übersetzen, fragten nach, protokollierten.

Der nächste Tag, ein Sonntag, sollte für fast alle Männer Kalavritas der letzte Tag in ihrem Leben sein! Ach, wären wir doch schlauer gewesen! Hätten wir gewusst, was passieren würde, hätten wir gewusst, dass die Deutschen schon vor zwei Tagen den Befehl bekommen hatten, den Ort dem Erdboden gleichzumachen und die männliche Bevölkerung auszurotten – dann wären wir natürlich in die Berge geflohen. Nun saßen wir in der Falle. Und wussten es noch nicht.

Am Nachmittag mussten alle wichtigen Leute am Ort bei der Bestattung der drei verwundeten Soldaten aus dem Krankenhaus anwesend sein. Die Deutschen sangen ein trauriges Lied, schossen einige Male in die Luft, dann ließen sie ihre toten Kameraden in die Gruben nieder, die unsere Leute hatten ausheben müssen. Auch hatte unser Tischler einfache Lattensärge zimmern müssen. Wirklich eine traurige Feier!

Danach wurden die Nazis überaus aktiv. Sie transportierten sämtliche Schafe und Ziegen aus der gesamten Region hinab Richtung Meer. Unser Herz brach, wovon sollten wir nun im kommenden Winter leben? Für viele von uns waren die Tiere unsere Lebensgrundlage. Aber die Deutschen fackelten nicht lange, Weinen, Hände ringen, das Hinweisen auf die vielen unmündigen Kinder – es hatte alles keinen Zweck. Was sich diese Herrenmenschen in den Kopf setzten, führen sie auch durch!
Um acht Uhr am Abend kam unser Nachbar über den Zaun zu uns geklettert. Bei ihm war ein höherer Offizier einquartiert, mit dem er sich gut verstand. Dieser hatte ihn vor einer Stunde beiseite genommen und ihm unter vier Augen dringend ans Herz gelegt, diese Nacht in die Berge zu flüchten. Er könne für den folgenden Tag nicht für sein Leben bürgen. Mehr könne und dürfe er nicht sagen. Er wollte sich mit uns beratschlagen, was zu tun sei, ob man die Warnung ernst nehmen solle. Und wenn ja, was daraus folge. Mein Mann, der Jorgos, meinte, man müsse dem Offizier unbedingt glauben, er meine es gut mit uns. Unsere beiden Söhne dagegen sagten nur hasserfüllt, ein Nazi sage niemals die Wahrheit. Der Kerl wolle sich bloß wichtig tun. Der Nachbar war hin- und hergerissen, völlig aufgelöst und brach in Tränen aus. Jorgos überredete ihn, dass sie beide sich im großen Heuhaufen hinter dem Schuppen verstecken würden. Von dort aus würden sie abwarten, was am nächsten Tag geschieht. Wenn man uns fragen würde, so sollten wir antworten, beide Männer seien in die Berge geflohen. Gegen Mitternacht verschwand Jorgos und ich blieb mit den beiden

Großen und den drei kleinen Kindern zurück. Ohne meine erwachsenen Söhne wäre ich vor Angst gestorben. Die Nacht verlief ruhig, es fiel kein Schuss, auch sonst passierte nichts. Trotzdem konnte ich kein Auge zu tun. Ich dachte unentwegt an Jorgos. Um fünf stand ich auf und fütterte die Tiere. Als ich zurück ins Haus kam, stand da plötzlich Jorgos, stumm, mit gesenktem Kopf. „Ich kann dich und die Kinder nicht allein lassen", sagte er. „Was immer auch passieren wird, ich bleibe bei euch!" Wir lagen uns in den Armen, hatten beide feuchte Augen. Die großen Jungen machten uns Mut, es wird schon nichts geschehen. Sie können viel reden, diese prahlenden Nazis. Es war der Tag angebrochen, der unseren ganzen Ort auslöschen sollte, Montag der 13. Dezember 1943. Möge dieser Tag verflucht sein bis in alle Ewigkeit! Verflucht auch die Deutschen, die das angerichtet haben!
Um 7 Uhr hörten wir Geschrei in den Straßen. Die Deutschen verlangten, dass sich alle Einwohner in der Volksschule versammelten, genau dort, wo vor zwei Monaten die Gefangenen für zwei Tage untergebracht waren. Sie zwangen ausnahmslos alle, auch die Kranken und Gehbehinderten. Es war ein unsäglich trauriger Zug, der sich da von allen Richtungen zur Schule hin bewegte: Alte, von ihren Verwandten gestützt, Humpelnde, weinende Kinder, aufgelöste Frauen. Unter ihnen die verrückte Tisula, die immerzu rief: "Das Weltgericht! Das Gericht Gottes!" „Sei still!" zischelten die Männer. Die ließen sich nichts anmerken.
An der Schule gab es ein großes Gedränge. Frauen und Kinder wurden in das Gebäude geschoben, alle Jungen

älter als 15 Jahre sowie die Männer mussten draußen bleiben. Es ereigneten sich groteske Szenen: Panajotis, der 14jährige Sohn des Metzgers, wollte unbedingt bei seinem Vater bleiben; andere 15, 16jährige Jungen wurden von ihren Müttern festgehalten, sie seien erst 14 Jahre alt. Wer schon Barthaare und einen muskulösen Körperbau hatte, wurde ohne Rücksicht auf sein Alter zu den Männern gestoßen. Wer schmächtig aussah, mit glatter Gesichtshaut, hatte gute Chancen, bei den Frauen bleiben zu dürfen.

Die Schultür wurde geschlossen, draußen stand ein Soldat Wache. Uns Frauen wurde gesagt, wir sollen ruhig sein, unsere Männer würden zur Zwangsarbeit eingeteilt. So waren wir zunächst einigermaßen gefasst, als wir hörten, dass unsere Männer und Söhne abmarschierten. Es war plötzlich still draußen. Dafür herrschte bei uns drinnen ein einziges Stimmengewirr. „Warum schließen sie uns ein, nur weil unsere Männer zur Arbeit geführt werden?" – „Ich traue den Deutschen nicht, ich habe ihnen nie getraut!" – „Seid ruhig, Frauen, es wird sich alles aufklären, der liebe Gott wird uns helfen!" – „Die Deutschen kennen keinen Gott! Die haben nur ihren Hitler!"

Ich weiß nicht, wie viel Zeit vergangen war. Ich hatte meine drei Kleinen fest an mich gedrückt und dachte unentwegt an Jorgos und die beiden Großen. Dann meinte plötzlich jemand, es riecht nach Qualm. Eine von uns versuchte, etwas aus dem Fenster zu erkennen, wir anderen hielten sie fest, damit sie nicht herunter fiel. Sie sah einige Soldaten, die überall Feuer legten. „Sie zünden unsere Stadt an! Sie wollen uns verbrennen!" Panik brach aus. Die Luft in den Schulräumen wurde immer dünner, Qualm breitete sich aus. Kinder schrien, wir schnappten alle mühsam nach Luft. Wahrscheinlich waren wir in diesen Momenten alle zu sehr mit uns selbst beschäftigt und achteten gar nicht auf das Geräusch, das schon vor einer Weile eingesetzt hatte. In kurzen Abständen waren Salven von Gewehrschüssen zu hören. Wir aber wurden immer ängstlicher und gleichzeitig wilder. Einige schrien um Hilfe. Diejenigen in der Nähe der Tür schlugen wie wild dagegen: "Macht auf! Lasst uns nicht verrecken! In Gottes Namen, öffnet die Tür! Erbarmt euch unserer Kinder!"

Der Wachsoldat hatte die Worte natürlich nicht verstanden, die Bedeutung aber wohl. Er hantierte am Türschloss herum, und kaum ging die Tür einen Spalt auf, da drängten die ersten Frauen mit aller Gewalt dagegen. Die verrückte Tassula, die zufällig als eine der ersten die Schwelle überschreiten wollte, rief gerade noch: „Das Weltgericht!" als sie ins Straucheln geriet. Niemand achtete auf sie, jede versuchte mit ihren Alten und Kindern sich selbst zu retten. Man trampelte über sie hinweg, trat auf sie drauf. Einige Male waren noch Wortfetzen von unten zu hören, wo sie lag: „Weltgericht...Welt...gericht... Kinder...". Dann verstummte sie für immer.

Wir rannten so schnell wir konnten aus dem Gebäude hinaus. Aber was für ein Anblick erwartete uns dort! Die ganze Stadt brannte, die Nazis hatten jedes Gebäude angezündet. Einige Häuser stürzten bereits in sich zusammen. Nun begann auch die Schule Feuer zu fangen. Es war entsetzlich, wie Hunderte Frauen und Kinder da herumirrten. Wir hatten plötzlich kein Heim mehr, wo sollten wir Schutz suchen. Instinktiv entfernten wir uns von den brennenden Ruinen, gingen, liefen, stolperten nordwärts aus dem Ort hinaus. Viele husteten noch immer, dichte Qualmwolken zogen durch die Luft. Andere standen wie gelähmt da, unfähig zu sprechen, unfähig zu denken. Alte Männer, die in vielen Kriegen gedient hatten, bissen den Schmerz in sich hinein. Ja, so und nicht viel anders war es 1897 gegen die Türken, und in den Balkankriegen, und im großen Krieg, und in der Kleinasiatischen Katastrophe, und im Epiruskrieg gegen die Italiener. Immer nur Mord und Zerstörung! Sie sagten kein Wort. Sie hatten niemals über solche Sachen gesprochen. Mit niemandem! Langsam löste sich die Starre in den Gliedern. Man konnte wieder durchatmen, zu Kräften kommen. Nun trat sofort die Frage auf, wo die Männer und Söhne sein können. Als man noch dabei war, sich Gerüchte und Vermutungen aufzutischen, kam von jenseits vom Acker des Kapi-Hügels eine Frau wie von Sinnen gerannt. Sie schrie hysterisch, so dass man ihre Worte kaum verstehen konnte. Aber alle wussten sofort, was sie rief und dass das die Wahrheit war: „Ihr Frauen, ihr Frauen! Sie haben unsere Männer und unsere Söhne umgebracht!"

Dieser heisere, kreischende Ruf nahm urplötzlich den ganzen Raum ein. Der Talkessel hallte davon wieder, der ganze Ort, die Berge, die ganze Welt war davon eingenommen. Es war wie ein blutiges Zeichen am Himmel. Es ging wie ein Ruck durch alle Frauen zugleich, sie rannten wie besessen los, fielen hin, rafften sich wieder auf, liefen, humpelten weiter. Es war ein immer lauter werdendes

Wimmern und Jammern zu hören, eine uralte Melodie aus Orkustiefen. Ihre kleinen Kinder hatten sie in diesem Augenblick völlig vergessen. Die Alten gingen sehr langsam, man könnte fast sagen: gemessenen Schrittes hinterher in Richtung des Kapi-Hügels. Sie schauten kaum auf, hielten die Köpfe gesenkt, keiner sagte etwas. Sie wussten bereits alles...

Als die ersten Frauen den Hügel erreichten, erklangen furchtbare Schreie, sie fielen auf die Knie, rauften sich die Haare, schrien: „Mutter Gottes, hilf!" Immer mehr Frauen erreichten den schrecklichen Ort und stimmten in den grausamen Chor ein. Ihre erschossenen Männer und Söhne breiteten sich vor ihnen in mehreren Lagen aus, von Maschinengewehren dahingerafft, mit seltsam abgewinkelten Gliedern, zurückgebogenen Köpfen. Einige erkannten ihre Angehörigen und begannen, sie aus dem Haufen herauszuziehen. Nun erst bemerkte man, dass sich einige Körper noch bewegten, man konnte deutlich hören, wie manche schwer Verletzte stöhnten. Jetzt begann ein unbeschreibliches Chaos, alle wühlten, suchten, hofften darauf, ihre Lieben am Leben zu finden. Diese Hoffnung wurde jedoch fast nie erfüllt, die wenigen Körper, die sich noch bewegt hatten, hauchten bald darauf ihre Seelen aus. Nur vier oder fünf Männer hatten das Massaker wirklich überlebt, wie durch ein Wunder, letztlich durch den Schutzwall ihrer Mitbürger.

Nun, wo die Frauen die grausame Realität anerkennen mussten, dass nämlich über fünfhundert Männer und Jünglinge niedergemetzelt waren, brachen sie in ein grenzenloses Jammern, Lamentieren, Weinen aus. Sie

kauerten auf den Knien vor den Toten, rissen sich ganze Haarbüschel aus, schrien hysterisch. Die alten Männer wandten sich etwas ab, sie sahen sich nur kurz stumm in die Augen, zuckten mit den Achseln. Das Unwiderrufliche konnte niemand ändern!
Die Körper, die noch Lebenszeichen aufwiesen, wurden vorsichtig geborgen und gelagert. Die wenigen Überlebenden wurden abgeküsst, gestreichelt, ihre Wunden versorgt, so gut es ging. Alle anderen aber gingen nun, nachdem sie den allerersten Schock überwunden hatten, zu ihrem bitteren Geschäft über, das die Pflicht ihnen auferlegt. Sie nahmen die Toten in ihre Obhut, bereiteten sie für die Bestattung vor. Wie immer sie auch zu Tode kamen, so mussten sie jetzt in Ehren unter die Erde gelegt werden, so verlangt es das Gesetz. Dieses Verfahren ließ die Frauen wieder neue Stärke und Festigkeit gewinnen. Sie lamentierten, schluchzten, beklagten den Tod ihrer Angehörigen, aber nun in lauterem, festem Ton, feierlicher, zeremonieller.
Ergreifende Szenen spielten sich ab. Eine Frau kauerte vor ihrem Mann, ihrem Schwager und ihrem Sohn. Sie bedeckte das Gesicht ihres Sohnes mit Küssen, als könne sie ihn dadurch zum Leben erwecken und rief unentwegt unter Tränen: „Mein Goldstück! Mein Ein und Alles!“ Eine andere riss sich Haarbüschel vom Kopf und schrie mit Blick in den Himmel: „Lieber Gott, warum hast du mir das angetan? Was soll ich jetzt machen?“ Dabei hielt sie den Kopf ihres toten Mannes wie den eines Verwundeten, den man stützen muss. Ein Junge von 17 Jahren, der mit drei Streifschüssen wie durch ein Wunder unter

den Leichenhaufen hervorgezogen wurde und sich allein fortbewegen konnte, wurde von einer Frau angeschrien und an den Schultern gepackt: „Wo ist mein Dimitris? Warum hast du nicht auf ihn aufgepasst? Gib ihn mir her!" Die Mutter des Jungen drängte die andere Frau mit beiden Armen zurück. „Lass meinen Kostas in Ruhe, siehst du nicht, dass er verletzt ist!" Wenn nicht die Alten eingegriffen hätten, wären die Frauen aufeinander losgegangen.

Ein grotesker Zug setzte sich langsam in Bewegung. Instinktiv steuerte man die Hauptkirche des Ortes an, das religiöse Zentrum der Region. Man bedurfte jetzt des Trostes von höherer Warte aus. Aber schnell wurde allen klar, dass das unmöglich war. Der Pope hatte nicht überlebt und die Stadt brannte noch an vielen Stellen. Allerdings gab es doch etliche Gebäude, die verschont geblieben waren. Die Kirche war nicht völlig zerstört, aber die Kirchturmuhr war um 14.33 Uhr stehengeblieben. Viele werden diese Uhrzeit ihr Leben lang nicht mehr aus ihrem Gedächtnis streichen können.

Die Toten wurden nun überall gelagert, wo irgend Platz war, sie in geeigneter Form zu ehren: in Häusern, die unversehrt waren, auf Tischen, Bänken, zusammengerückten Stühlen, einige auf nackter Erde. Es war unmöglich, sie nach alter Sitte für die ewige Ruhe vorzubereiten. Es fehlte an Wasser, sie zu waschen. Man konnte sie nicht in ihrer Sonntagskleidung anziehen. Kerzen immerhin waren in der Kirche aufzutreiben. Die Nacht brach herein, es wurde grimmig kalt. Es wurden Feuer angezündet und bei den Toten Wache gehalten. Niemand dachte an

Schlaf, nur den Alten und Kindern fielen irgendwann die Augen zu, sie wurden mit Decken oder Mänteln zugedeckt. Morgen würde man die Toten provisorisch bestatten...

Mit ihnen war alle Hoffnung entwichen...

Würde es je wieder ein Leben in Kalavrita geben? Unvorstellbar!!!

7 Zigeunerliebe
(Exkurs)

„Die Lieb', die von Zigeunern stammt,
fragt nicht nach Recht, Gesetz und Macht;
liebst du mich nicht, bin ich entflammt,
und lieb ich Dich, nimm Dich in Acht"!

„Carmen" 1. Akt., 5. Szene

Eine Fahrradpanne verfolgte mich schon seit dem gestrigen Mittag. Nach einer ausgiebigen Mittagsruhe hatte ich das vermeintliche Loch geflickt, war weiter gefahren, verlor wieder Luft, tüftelte gemeinsam mit einem etwa gleichaltrigen lustigen Bewohner dieser griechischen Einöde herum und hatte mich euphorisch verabschiedet, um meine Fahrt nach Kalavrita fortzusetzen. Ich war gar nicht einmal sehr überrascht, als der Hinterreifen am nächsten Morgen erneut schlaff auf dem Boden aufsaß. Das sind hier also genau solche Balkanpfuscher wie meine serbische Wenigkeit! Ich pumpte also auf und sauste schnell los.

Es begann eine Abfolge von Pumpen, Fahren, Gehen... Immerhin gelangte ich bald zu einer Tankstelle, an der ich mir mit der Hochdruckpumpe einen kleinen Vorteil verschaffen konnte und bis zu den ersten Häusern Kalavritas rollte. Der Zufall wollte es, dass unter diesen ein Fahrradhändler war, der mein Rad bereitwillig annahm und versprach, es in drei Stunden repariert zurückzugeben. Ich ging also leichten Schrittes, das Gepäck hatte ich

natürlich ebenfalls beim Händler gelassen, weiter zum Ortskern.
Am Busbahnhof setzte ich mich in eine Taverne und bestellte etwas zu Essen und ein Bier. Ich hatte eine Weile den Salat in mich hinein geschaufelt und ein zweites Bier bestellt, als ich bemerkte, dass ein Pickup schon mehrmals um den Platz herum gefahren war. Am Steuer saß der Melonenhändler, neben ihm seine Frau, die Ladefläche voll mit Wassermelonen. Dem Aussehen nach gehörten Mann und Frau zu den Sinti oder Roma. Der Wagen fuhr sehr langsam, so dass ich die Gesichter genau betrachten konnte.
Ich war ein bisschen müde von der Anstrengung mit dem Fahrrad, auch war ich bereits leicht angetrunken vom Bier. Ich kann mich also täuschen in meiner Wahrnehmung, aber mir schien, als ob die Frau gleichzeitig „oberflächlich" als auch mit geschärften Sinnen nach Männern Ausschau hielt. Ein wenig lasziv, ein wenig naiv, ein wenig gelangweilt, ein wenig nach Liebe lechzend. Ja, sie schien mich aufzufordern: "Komm doch! Probier's doch! Mach mich meinem wild-eifersüchtigen Mann abspenstig! Wenn du es nicht geschickt anstellst und von ihm erwischt wirst, dann Gnade dir Gott – wenn es denn einen gibt! Er wird dir alle Knochen zertrümmern!"
Unwillkürlich betastete ich meine Oberschenkel und Waden.
„Wenn es dir aber gelingt, ein Stündchen unbeobachtet mit mir zu verbringen – dann soll dir der Himmel auf Erden zu Teil werden. Alle Liebesgenüsse werde ich dir zeigen, dir bis jetzt völlig unbekannte, dir in deinen tiefs-

ten Träumen ersehnte Wünsche erfüllen, die du nie auszusprechen gewagt hast… Aber merke dir eins: ich warte nicht auf dich!“

Was war zu tun? Würde sie mir irgendein Zeichen geben? Fand alles nur in meiner Einbildung statt?

Die Wahrheit habe ich nie erfahren. Der Pickup tauchte nicht mehr auf, vielleicht war auch er eine Erscheinung. Ich zahlte, holte mein Fahrrad ab und suchte einen schattigen Platz für eine lange Mittagsruhe!

8 Rückkehr der Andarten nach Kalavrita (aus Sicht der Kommunisten)

Mit den Italienern kamen wir eigentlich immer ganz gut klar. Man könnte sagen, dass wir uns weitgehend gegenseitig in Ruhe ließen. Lebensmittel und Frondienste holten sie sich bei der bürgerlichen Bevölkerung, dafür zahlten sie auch, wenn auch einen schlechten Preis. Dass wir im nahen Kloster unser Hauptquartier hatten, wussten sie. Aber da wir zu der Zeit wenige Aktionen unternahmen und ihren Nachschub im Prinzip nicht gefährdeten, ignorierten sie uns mehr oder weniger. Einige von ihnen sympathisierten sogar mit uns Kommunisten.

Nach der italienischen Kapitulation schlossen diese Männer sich uns an. Das war am 9. September 1943. Wir haben auf die Nachricht hin sofort Kalavrita besetzt, die Deutschen waren noch nicht eingetroffen, die meisten Italiener in die Berge geflohen. Denen war natürlich klar, dass sie gegen uns keine Chance hatten. Die warteten regelrecht darauf, dass die Deutschen sie entwaffneten und ans Meer führten. Die meisten von ihnen hatten große Angst, im Krieg zu sterben und ihr Vaterland nie wieder zu sehen.

Wir rafften so viele Waffen und Munition an uns, wie wir konnten und verließen den Ort, denn die Nazis konnten ja jeden Augenblick kommen. Einen Tag später waren sie da. Aber sie blieben nicht, wahrscheinlich hatten sie nicht genügend Leute zur Verfügung. Als sie mit den gefangengenommenen Italienern fort waren, verteilten wir die zurückgelassenen Lebensmittel an die Bevölkerung. Wir gaben sie ihnen sozusagen zurück. Dann zogen auch wir wieder ab. Als aber auch nach acht Tagen keine Truppen auftauchten und auch vom Meer keine weiteren Bewegungen ins Innere der Peloponnes gemeldet wurden, kehrten wir nach Kalavrita zurück und installierten nunmehr eine kommunistische Ortsverwaltung mit einem Volksgericht.

Wir dehnten sofort unsere Tätigkeit aus, indem wir versuchten, überall die deutschen Nachschubwege zu stören. Das gelang uns zunehmend effektiver, so dass es praktisch nur noch eine Frage der Zeit war, wann die Deutschen in größerem Rahmen reagieren würden. Nun, wir fühlten uns mittlerweile sehr stark, in unserem Gebiet zwischen Patras, Aigeion und Kalavrita hatten wir mindestens 5000 Kämpfer, sollten die Nazis doch kommen!

Und sie kamen! Erst eine Kompanie, die wir schnell in die Flucht schlugen. Einen Tag später, am 16. Oktober, eine weitere Kompanie, die wir zunächst nördlich Kalavrita festnagelten und am nächsten Tag gefangen nahmen. 80 Mann in unserer Gefangenschaft! Einige müssen entwischt sein, egal. Wir brachten die Deutschen in unser Volksgefängnis, die Volksschule in Kalavrita. Aber dort konnten sie nicht lange bleiben, man würde schnell Nachforschungen aufnehmen. Also ließen wir sie nach zwei Tagen weiter ins Innere marschieren.

Es kamen tatsächlich umgehend Suchtrupps in die Region, mieden jedoch seltsamerweise den Ort Kalavrita. Waren sie zu schwach? Sehr wahrscheinlich, denn einen Tag vorher mussten sie eine weitere herbe Niederlage in den Bergen von Magoula hinnehmen, wo unsere Leute mehr als 130 Deutsche töteten. In den folgenden Wochen spielten die Nazis in ihren Stützpunkten am Meer und der Südpeloponnes den großen Mann, nahmen Tausende Geiseln, aber zu uns trauten sie sich nicht. Natürlich kam es zu Verhandlungen wegen eines Gefangenenaustausches, aber die Deutschen schienen nicht wirklich daran interessiert zu sein. Sie nahmen wohl an, sie würden ihre Leute leicht befreien und uns liquidieren können.

Dass die Lage sich geändert hatte, merkten wir zum ersten Mal Ende November, als plötzlich Kampfbomber einen Angriff auf den Ort Skepasto sowie das Kloster flogen. Postwendend schlugen unsere Leute zurück, sie überfielen den Bahnhof Andritsa bei Argos und zerstörten Bahnanlagen am hellen Tag. Wenige Tage später erhielten wir aus allen Richtungen Meldungen von anrückenden deutschen Truppen. Von Süden aus Tripolis rückten sie nach Langadia und Vitina vor, von Patras Richtung Südosten, auch von Aigion in die Berge Richtung Kalavrita. Es war offensichtlich, dass sie uns einkreisen wollten. Wir mussten auf der Hut sein.

Zunächst brachten wir die gefangenen deutschen Soldaten tiefer in die Berge. Wir mussten entscheiden, was weiter mit ihnen geschehen sollte. Wenn es zu Kampfhandlungen käme, würden sie uns zu sehr behindern. Das Beste wäre, sie würden schnell verschwinden, aber wie? Ein Austausch wäre in diesem Stadium der Entwicklung undenkbar geworden, er hätte wie unsere Kapitulation ausgesehen. Dann bliebe nur eine Lösung übrig…

Wir brachten sie in ein Bergdorf, oberhalb dessen sich der britische Verbindungsoffizier Andrewes aufhielt.

Zu diesem Zeitpunkt beobachteten die Briten lediglich die Ereignisse auf dem Kriegsschauplatz. Wir ließen sie nicht in unsere Entscheidungen hinein regieren. Dieser Andrewes war praktisch machtlos, er hatte keinerlei Mittel, irgendetwas zu bewirken. Trotzdem kam er aus seinem versteckten Haus herunter, um mit unserem Kapetan über die Gefangenen zu sprechen. Ich glaube, er wollte ihn überreden, sie freizulassen. Der hätte sich auch wirklich vielleicht überreden lassen, aber nicht von einem Briten!

Vielleicht aus Trotz, vielleicht aus Unsicherheit, jedenfalls befahl der Kapetan, alle Gefangenen in der Nacht in den Bergen zu liquidieren. Und genau so wurde es auch ausgeführt. Wir erschossen sie und stürzten sie einen Abhang hinab. Ich glaube kaum, dass jemand überlebt hat. Am übernächsten Tag konnten wir aus unserem Versteck einen Suchtrupp beobachten, der jedoch die Stelle nicht fand, wo die Toten in der Schlucht lagen. Sie zündeten den Ort an, fanden aber offenbar nicht die versteckte Villa des britischen Offiziers. Der war natürlich vorher verduftet. Schlau sind sie ja, diese Briten, und sehr mutig! Aber es passt uns nicht, dass sie sich wie die Herren aufspielen, als gehöre ihnen der halbe Balkan. Am Abend zogen die Deutschen ab.

Andere Trupps plünderten und brandschatzten dafür am gleichen Tag rund um Kalavrita: der Ort Rogoi wurde abgefackelt, die männliche Bevölkerung erschossen, Kerpini abgebrannt, die Männer erschossen, Ano und Kato Zachlori sowie das nahe Kloster Mega Spilaion beschossen und zerstört, über 40 Mönche ermordet, Skepasto umstellt. Einen Tag später Zerstörung der Siedlungen Avles, Agia Kiriaki, Bahnhof Kerpini, Souvardo und Vrachni und schließlich rückten sie in Kalavrita ein. Das war am Donnerstag, dem 9. Dezember.

Wir hatten uns in kleine Gruppen von 10-15 Mann aufgeteilt und aus unseren Verstecken in höheren Gebirgslagen zugeschaut, was die Nazis da anrichteten. Zuschauen müssen, denn wir hatten weder die Kräfte noch das Material, ihnen Widerstand zu leisten. Unsere Kampfweise war naturgemäß so ausgelegt, dass wir dem Gegner dort Schaden zufügen, wo er schwach ist und uns zurückziehen, wenn er uns überlegen ist. Das war der typische Partisanenkrieg. Jetzt also waren uns die Hände gebunden, auch wenn es uns in der Seele wehtat.

Die Männer in Skepasto wurden eigenartigerweise freigelassen, sie flüchteten sofort in die Berge. Die Leute in Kalavrita waren nicht geflüchtet, so gut wie niemand von ihnen. Wir haben das nicht wirklich verstanden. Ja, es stimmt, sie haben immer alle Auflagen der Besatzer erfüllt, haben sich also, so gesehen, nichts zu Schulden kommen lassen. Das könnte aber jetzt ein großer Nachteil sein, dann nämlich, wenn die Deutschen in blinder Wut darüber, ihre gefangenen Kameraden nicht befreien zu können, alles niedertrampeln und vernichten, was ihnen in den Weg kommt. Genau das taten sie ja schon seit einigen Tagen. Mit anderen Worten: wir hatten kein gutes Gefühl, was die Sicherheit der Leute im Ort anbelangte.

Es waren auch tatsächlich am nächsten Tag Rauchwolken in der Stadt auszumachen, aber nur vereinzelt. Offenbar hatten die Deutschen nur einzelne Gebäude angezündet, mutmaßlich jene der schon vor langer Zeit in die Berge geflüchteten Kommunisten. Am Freitag, dem 10. Dezember, beobachteten wir zunächst den Abzug der Nazitruppen, samt Ziegen und Schafen der Einwohner. Aber wir hatten uns zu früh gefreut, nach wenigen Stunden besetzten andere Kräfte den Ort erneut, es waren auch einige Schüsse zu hören. Es schien uns nach wie vor zu gefährlich, in die Kampfhandlungen einzugreifen, da in der gesamten engen Region zu große Verbände operierten, gegen die wir keine Chance sahen, ohne große Verluste zu agieren.

Ein Suchtrupp hatte mittlerweile die Stelle gefunden, an der wir die Gefangenen erschossen hatten. Sicher haben sie griechische Bürger erpresst, sie dorthin zu führen. Das alles verhieß nichts Gutes! Und in der Tat kam es am Montag, dem 13. Dezember zum unvorstellbaren Massaker, alle Männer und Jungen wurden erschossen, die meisten Gebäude in Brand gesteckt. Es war furchtbar, das aus der Distanz mitansehen zu müssen. Es bestärkte uns aber nur in unserem unbedingten Willen, die Nazis aus unserer Heimat zu vertreiben. Und bevor uns das nicht vollständig gelungen ist, ihnen größtmöglichen Schaden zuzufügen. Die Bevölkerung muss intensiver dahingehend beeinflusst werden, sich in abgelegene Bergregionen zurückzuziehen und den Besatzern ihre Tiere und Produkte vorzuenthalten.

Die bestialische Nazibande ließ nun sämtliche Zügel gleiten. Es reichte ihnen keinesfalls, Kalavrita mitsamt seiner männlichen Bevölkerung auszulöschen. Auf ihrem Rückweg zu den Stützpunkten plünderten und töteten sie in den Klöstern Agia Lavra, Mega Spilaion, äscherten die Orte Skepasto, Valta, Klapatsouna, Fteri, Pirgaki, Melissia und Mazeika ein. Aus den meisten Dörfern waren längst alle Bewohner geflohen, die aber nun nichts als ihr nacktes Leben besaßen. Überall Rauchwolken, überall Tränen, Elend, Tod. Dafür würden sie büßen! Das schworen wir! Wir würden unser Leben nicht schonen!

Einen Tag nach der Einäscherung des Ortes verließen die Täter die Region. Sie ließen einen kleinen Trupp nördlich Kalavrita an der Straße zum Meer zurück, alle übrigen mit sämtlichem Vieh waren verschwunden. Wir warteten einen weiteren Tag ab und als in der unmittelbaren Umgebung Kalavritas alles ruhig blieb, schickten wir unsere ersten Leute hinunter, die Lage zu erkunden. Kapetan Michos führte sie an. Es war von vornherein klar, dass sie nicht mit offenen Armen empfangen werden. Wir wollten aber von Beginn an klarstellen, dass wir nicht für die schrecklichen Ereignisse verantwortlich sind und unsere generelle Einstellung sich nicht verändert hat. Als wir langsam zum Ortseingang kamen, war es zuerst völlig still. Hunderte Alte und Frauen, ganz in schwarz gekleidet, starrten uns an, sagten kein Wort. Auch wir schwiegen. Wir waren zu zehnt gekommen, voll bewaffnet, mit gekreuzten Patronengurten. Wir schauten nach rechts und nach links, wo es an vielen Stellen noch rauchte. Fast alle Gebäude lagen völlig in Trümmern. Kinder kamen angelaufen, in zerlumpter Kleidung, streckten ihre Hände aus, einige flüsterten leise: „Ich habe Hunger!“, andere schauten uns stumm aus großen, runden Augen an. Wir erreichten den Kirchplatz. Auch die

Kirche war größtenteils ausgebrannt. Die Kirchturmuhr war um 14.33 Uhr stehengeblieben. Der Anblick dieser Uhr war wie ein Stich ins Herz. Einige Frauen schluchzten, eine von ihnen zischte wütend: „Wo sind unsere Männer? Ihr habt sie auf dem Gewissen! Hättet ihr die Deutschen nicht umgebracht, wären sie noch am Leben!" Eine andere fiel ein: „Ja, schämt ihr euch nicht, hierher zu kommen? Ihr seid nicht besser, als die Mörder unserer Männer und Söhne!" „Schweigt, Frauen!" herrschte Michos sie an. „Ihr wisst nicht, wovon ihr sprecht! Die Nazis wollen uns alle vernichten. Wir werden für euch sorgen! Schweigt!" Eine etwas ältere Frau, die ihren Mann und zwei Söhne verloren hatte, konnte sich nicht zurückhalten. Mit sich überschlagender Stimme bellte sie heraus: „Ihr wollt für uns sorgen? Ihr bringt uns nur Blut und Tränen! Oh, wäret ihr niemals in unsere Region gekommen! Dann würde es uns gut gehen! Ihr Teufel!"
Kapetan Michos ging drei Schritte vor und schlug ihr ins Gesicht. „Frauen sollen sich nicht in Politik einmischen, merkt euch das!" Damit war die Sache für ihn erledigt. Die Frau senkte ihren Kopf, drehte sich um und ging fort. Es hatte keinen Zweck, sich gegen bewaffnete Banditen aufzulehnen. Wie immer mussten die Frauen am Ende alles erdulden...

9 Mit der Zahnradbahn von Diakofto nach Kalavrita
(Exkursion)

Endlich hatte sich einmal die Gelegenheit ergeben, diese einmalige Zahnradbahn kennenzulernen. Einmal war ich schon zwei Stunden von Kalavrita abwärts gewandert, musste jedoch dann zurückkehren, weil es bald dunkel würde und ich am nächsten Tag meine Fahrradtour fortsetzen wollte. Dieses Mal nun sollte es hinauf mit der Bahn und hinunter zu Fuß gehen.

Ich war überrascht, dass auf meiner Fahrkarte ein nummerierter Sitzplatz angegeben war. Natürlich hat sich dann aber niemand im Zug, oder besser in der Triebwagengarnitur, daran gehalten. Es fahren drei Zugpaare an Wochentagen, am Wochenende und an Feiertagen werden zusätzlich Züge eingesetzt.

In Diakofto habe ich drei Personen ausgemacht, die für den reibungslosen Ablauf des Betriebs verantwortlich sind: einen Schalterbeamten, der Fahrkarten verkauft, und zwar zu allen aktuellen oder in Renovierung befindlichen Bahnhöfen Griechenlands, zu denen entweder Züge oder vorübergehend Busse fahren; ein Schaffner, der alle Fahrkarten einzeln knipst, der aber vor Fahrtbeginn wieder aussteigt und also gar nicht mitfährt; und natürlich der Fahrer, der während der Fahrt gelegentlich aussteigen muss, um Steinbrocken oder Zweige von den Gleisen zu räumen, was naturgemäß auf dieser Strecke nicht selten vorkommt.

Außerdem weist der Zugführer während der Fahrt auf besonders spektakuläre Motive hin und hält auch schon mal auf freier Strecke an, damit ein Tourist ein hübsches Foto machen kann. Der Zug fährt zwar nicht pünktlich ab, hat aber am Ende nach etwa 50 Minuten nur 5-6 Minuten Verspätung. An Wochentagen fährt der erste Zug um 11 Uhr ab Diakofto, die Schalteröffnungszeiten wirken etwas unorthodox: 10-12, Pause 12-12.20, 12.20-13.55, Pause 13.55-14.30, 14.30-16.15. Es lohnt sich also in jedem Fall, bei geschlossenem Schalter einen Augenblick zu warten!

Nicht so leicht ist dagegen abzuschätzen, wann der Zug jeweils den Weg des Wanderers kreuzt. An vielen Stellen ist es nämlich nicht ganz ungefährlich, wenn man von ihm überrascht wird. Das wiederum kann schnell passieren: über weite Strecken ist das mächtige Rauschen des Flusses in der Tiefe so laut, dass man das Herannahen des Zuges nicht bemerkt.

Zweimal habe ich den ungefähren Zeitpunkt errechnet und den Zug wartend abgepasst. Ein andermal wieder habe ich sehr lange gewartet und bin dann doch auf gut Glück losgegangen. Es ging gut… Einmal jedoch steckte ich mitten in einem engen Tunnel und wollte mich an die Wand drücken. Der Fahrer jedoch hielt an, setzte zurück, bis ich an ihm vorbei aus dem Tunnel herauskam.

Herabhängende bzw. tief hängende Leitungsdrähte haben mir zunächst etwas Angst gemacht, bis ich merkte, dass es tote Leitungen sein müssen.

Nach knapp sechs Stunden Wanderzeit bin ich in meinem Hotel in Diakofto zurück gewesen.

10 Das Gefecht bei Lalas

Nachdem die italienischen Truppen im Spätsommer 1943 kapituliert hatten, bestand die größte Gefahr für die deutsche Wehrmacht auf der Peloponnes darin, dass die Andarten einen Großteil der italienischen Waffenbestände erbeuteten und in der Folge ihre jetzt schon äußerst störenden Aktivitäten weiter ausweiteten. Die deutschen Kräfte reichten kaum aus, den Nachschub auf den wichtigsten Küstenstraßen sowie zu den Hauptstützpunkten im Inneren zu sichern, geschweige denn, die Andarten in ihrer angestammten Umgebung der Gebirgswelt zu stellen und zu vernichten.
Die meisten Italiener ließen sich nach der Kapitulation willig festnehmen und geordnet ans Meer führen. Einige wenige jedoch schlossen sich den griechischen Widerstandskämpfern an und konnten bei dieser Gelegenheit einen Teil der Waffen mit sich führen. Die Gefahr von Partisanentätigkeiten war also nicht geringer geworden, sondern eher größer, zumal die Deutschen immer größere Angst vor einer Invasion der alliierten Truppen an den Küsten der Peloponnes hatten.
Schnell merkten sie im Herbst 1943, dass sie der immer mutiger agierenden Andarten mit ihren herkömmlichen Mitteln keinesfalls Herr werden konnten. Wenn sie ihre Nachschublinien sichern wollten, waren Spezialeinsätze unter taktischen und strategischen Gesichtspunkten nötig. Aber würde das vorhandene Personal dafür ausreichen? Allein im Nordosten der Peloponnes, im Dreieck Patras – Pyrgos – Tripolis rechnete die deutsche Abwehr

mit mindestens 6800 Angehörigen von Banden, die nur ein Ziel verfolgten: die deutsche Wehrmacht zu stören, wo sie nur konnten. Ihre Partisanentaktik sowie ihre genaue Ortskenntnis führten immer wieder dazu, dass sie nach Anschlägen auf Nachschubtransporte leicht entwischen konnten und für Suchtrupps unauffindbar waren. Einige ihrer Gruppen wurden sogar von englischen Offizieren geführt. An geeigneten Stellen warf die RAF nachts Nachschub und Munition ab. Es war also alles andere als ein Kinderspiel für die Deutschen, sich gegen diesen Gegner zur Wehr zu setzen.

Ein Hauptrückzugsgebiet für die Andarten war nach deutscher Kenntnislage das Gebiet südlich von Aigeion in den Bergen, am Endpunkt der Zahnradbahn, Kalavrita. Nicht nur verkörperte das nahe Kloster Agia Lavra eine ruhmreiche Vergangenheit, ging doch von hier im März 1821 der Funke aus zum griechischen Befreiungskampf gegen die Osmanen. Die Region ist umgeben von bis zu 2300 m hohen Gebirgszügen und schwer zugänglich. Einzig die Zahnradbahn stellt einen brauchbaren Zugang zur Außenwelt dar. Ironischerweise liegt in diesem Gebiet, gut versteckt, versteht sich, der Styx-Wasserfall, der in der Antike als Eingang zur Unterwelt galt. Hier bewegten sich die Andartenbanden wie Fische im Wasser. Von den einheimischen Bauern wurden sie nicht geliebt, eher gehasst. Die Deutschen angreifen, die verhassten Besatzer verprügeln und auch erschießen – das war in Ordnung! Aber die Rache der Nazis traf immer die einfache Bevölkerung, am meisten leiden mussten letztendlich Frauen, Kinder und Alte.

Im Oktober erreichte der Partisanenkampf ein neues Niveau. Es war ihnen gelungen, in der Nähe Kalavritas eine ganze Kompanie Deutsche gefangen zu nehmen. Die Nazis waren mehr oder weniger machtlos. Nach über sieben Wochen, als sie eine groß angelegte Aktion starteten, unter anderem auch, um ihre gefangenen Kameraden zu befreien, wurden diese im Chelmosgebirge exekutiert. Das zweite große Ziel der Unternehmung konnte dagegen vielleicht noch realisiert werden. Es war die Vernichtung des größten Kontingentes der Andarten im Norden der Peloponnes. Mit Patras und Pyrgos lagen zwei Hauptstützpunkte der Deutschen an der Nord- und Westküste. Dazwischen vermutete man mindestens 3500 Mann Partisanen. Eine gigantische Anzahl, mögen die Leute auch noch so schlecht ausgerüstet sein – so bilden sie dennoch ein riesiges, gefährliches Potenzial für jeden einzelnen Nachschubtransport. Ganz abgesehen von der immer schwebenden Gefahr einer alliierten Anlandung, bei der sie unschätzbare Dienste leisten könnten.
Um die vermuteten Banden im Bereich des Erymanthos-Gebirges zu stellen und zu eliminieren, setzte die Wehrmacht am 3. Dezember 1943 eine großangelegte Aktion in Gang. Im Westen sollten die Gefangenen befreit und die feindlichen Kräfte im Raum Kalavrita, im östlichen Teil der Nordpeloponnes die dortigen Banden bekämpft werden.
Eine Kampfgruppe, die am 3.12. von Süden kommend nach Langadia und Vitina vorstößt, soll zunächst nur Verwirrung stiften. Aber schon einen Tag später bricht eine andere Kampfgruppe in Patras auf und vernichtet

als erstes das Kloster Omblou. Klöster gelten den Deutschen als Hassobjekte, nicht ganz zu Unrecht. Sie waren im gesamten Balkanraum im Freiheitskampf gegen die Osmanen nicht selten heimliche Sammelpunkte der Widerstandskämpfer. Und häufig fungierten orthodoxe Popen als ihre militärischen Anführer. Deshalb wurden sie besonders in Griechenland martialisch zugerichtet.

Die Kampfgruppe rückte nun weiter nach Süden vor. Sie hatte sich offenbar vorgenommen, die örtlichen Andartenbanden südlich des Panachaika-Gebirgszugs zu stellen, die von den weiter südlich agierenden durch die wichtige Straße Patras – Kalavrita getrennt waren. Diese Straße wurde am 6.12. besetzt und als südliche Tangente der Aktion bestimmt. Man hoffte, dass die vom zerstörten Omblou-Kloster geflohenen Andarten in der Falle saßen und durch das Durchkämmen nach Norden aufgestöbert werden konnten. Von Chalandritsa und Kalanistra rückten die deutschen Kräfte am 8.12. gegen Norden und Nordosten vor. Sie erreichten Leontio sowie den Nachbarort Lapanagoi, den Heimatort des ELAS-Kapitans Michos. Man befand sich sozusagen in der Höhle des Löwen, nur war von diesem keine Spur zu sehen. Nicht nur waren sämtliche Andarten nach Partisanenmanier unsichtbar in höhere, entlegenere Bergregionen verschwunden, auch die Zivilbevölkerung hatte sich größtenteils in Sicherheit gebracht. Dieser Teil der Wehrmachtsaktion musste also als vollkommen gescheitert betrachtet werden.

Um dennoch die Chance zu wahren, den bedrängten Feind zu vernichten, wurden weitere Truppenteile in Marsch gesetzt, um das Ausweichen nach Süden zu

erschweren. Von Pyrgos aus wurde die Straße Olympia – Tripotamia als Basis benutzt, um nordwärts über Smila und Mageiras auf Lalas zuzuhalten. Die Deutschen schienen sich recht sicher zu sein, denn der Ort, der nur unter großen Schwierigkeiten aufgrund der schlechten Straßenverhältnisse erreicht wurde, wurde nunmehr weiträumig abgesperrt. Sie verbrachten eine ruhige Nacht vom 9. auf den 10. Dezember in ihren Zelten. Andartenkräfte, die sich vor dem geballten deutschen Aufmarsch im Raum Kalavrita Richtung Südwesten absetzen wollten, mussten südlich der höheren Gebirgszüge des Erimanthos die Region von Lalas passieren.
Die Wahrscheinlichkeit, hier endlich auf die verhassten Partisanen zu treffen, wurde durch eine weitere Aktion erhöht, nämlich mit der Abriegelung auch der östlichen Flanke von Kalavrita an der Hochebene von Feneos. Ebenfalls rückten Verbände in Nemea ein und gingen am Stymfalischen See entlang vor bis zum Sattel in Kastania. Nach Meinung der deutschen Wehrmacht war die Einkesselung der Banden in Achaia damit vollendet. Im Süden verlief die Grenze etwa: Pyrgos – Olympia – Lalas – Langadia, im Osten: Kastania – Feneos, im Norden: Patras – Chalandritsa – Kalanistra – Kalavrita. Hier hatten sich einmal 3000-4000 Mann aufgehalten, sie konnten sich unmöglich alle in Luft aufgelöst haben. Das aber genau war der Fall! Unbemerkt von der deutschen Aufklärung hatten sich alle größeren Andartenverbände mit Beginn der deutschen Operationen rechtzeitig zurückgezogen und sich an den äußersten Rändern der Nordpeloponnes in Sicherheit gebracht, nämlich an der Westküste

zwischen Patras und Pyrgos sowie im Osten im Raum Korinth.
Doch damit nicht genug! Am Morgen des 10. Dezember wurde dem Kommandierenden General Le Suire der Misserfolg offenkundig, er befahl den Abbruch und Rückmarsch in die Standorte, nicht jedoch, bevor sie etliche Ortschaften „säubern“ sollten.
Am Morgen dieses 10. Dezember, als dem General dämmerte, dass die Aktion wieder einmal ins Leere laufen würde, hatten seine Leute tatsächlich Feindberührung, allerdings nicht in der erwünschten Form. Eine Aufklärungsgruppe des Infanterie-Regiments 965 bewegte sich von Lalas in nordöstlicher Richtung auf das Hochtal des Erymanthos-Flusses zu. Die Gegend ist schwer zugänglich, hügelig bis zu 800 m Höhe, schlechte Wege. Alle Bewegungen, die von Lalas aus bergauf getätigt werden, können von den Andarten von höherer Warte aus eingesehen werden. Es bleibt ein Rätsel, wie die Deutschen den Kardinalfehler begingen, alle Kräfte auf einer einzigen Route nach vorne zu bringen! Bergauf! Einsehbar!
Als die Hölle begann, waren die Deutschen den Partisanen in Taktik und Übersicht total unterlegen, obwohl sie das bessere und zahlreichere Material besaßen. Etwa fünf Kilometer nordöstlich von Lalas in bewaldetem Gelände gerieten die Deutschen in einen Hinterhalt. Geschickt hatten die Andarten an einer Engstelle zugeschlagen. Es entwickelte sich ein Feuergefecht, wobei die Griechen von zwei Seiten feuerten und die Deutschen mehr oder weniger orientierungslos waren. Sie hatten praktisch keine Chance, ihren Gegner zu bezwingen. Nach einer

halben Stunde waren elf ihrer Leute tot. Die Deutschen ergriffen panikartig die Flucht, was ihnen freilich nur gelang, indem sie große Mengen an Material zurückließen. Somit machten die Andarten reichliche Beute: vier leichte Maschinengewehre mit 13 Kästen und 17400 Schuss Munition, zwei Maschinengewehre mit 430 Schuss Munition, acht Gewehre mit 1200 Schuss Munition sowie 100 Granaten und 60 Handgranaten. Offensichtlich war es den Deutschen nicht gelungen, dieses Arsenal an Feuerwaffen zweckdienlich einzusetzen.

Neben den elf Toten waren weitere zehn Schwerverletzte zu beklagen, von denen vier auf dem Rücktransport nach Pyrgos ihren Verletzungen erlagen. Insgesamt 15 Tote, sechs Schwerverletzte und ein großer Materialverlust – wahrlich kein Ruhmesblatt der Kampfgruppe. Ganz entgegen den üblichen Gepflogenheiten wurde rund um Lalas keine Ortschaft abgebrannt, keine Geiseln erschossen, obwohl letztlich erwiesen war, dass mindestens eine Gruppe der Andarten aus der Umgebung kam! Erstaunlicherweise wurde argumentiert, dass die Auslöschung der Ortschaften nicht zur Ausrottung der Banden führen würde! Das aber galt für alle übrigen Fälle, in denen die Vernichtung durchgeführt wurde…

11 Die Fahrt von Patras über Kalavrita nach Kokkoni
(Abgesang)

Bis zum Jahr 2003 bin ich niemals mit einem Flugzeug geflogen. Die zahlreichen Fahrten nach Serbien (bis zu fünf Mal pro Jahr) habe ich mit dem Zug zurückgelegt, jedes Mal 24 Stunden. Nach Griechenland bin ich mit dem Zug nach Italien und von dort mit dem Schiff nach Patras gefahren, ab 2003 mit meinem Fahrrad im Gepäck. In dem Jahr saß ich dann auch zum ersten Mal im Flugzeug auf dem Weg nach China, wo ich beruflich zu tun hatte.

Angekommen in Patras wollte ich natürlich nicht immer nur die Strecke an der Küste abfahren, obwohl sie sehr schön ist und jederzeit zu einem Bad im Meer einlädt. Und so kam ich auf die Idee, den gesamten Norden der Peloponnes abzufahren auf dem Weg nach Kokkoni, jedes Jahr ein anderes Segment. Besonders hat mich immer der Bergort Kalavrita angezogen, der Endpunkt der Zahnradbahn, ausgehend vom am Meer gelegenen Diakofto. Bei meinen früheren Stopps hatte ich mir nie viel Zeit genommen, um den Ort genauer kennenzulernen. Für die Griechen ist es ein geschichtsträchtiger, schicksalhafter Ort, in dem die ganze Tragik der neueren Geschichte Griechenlands zum Ausdruck kommt.

Südwestlich des Ortes, auf einer Anhöhe vor einem Gebirgsrücken, liegt das Kloster Agia Lawra, in dem am 17. März 1821 der Vorsteher Germanos die Waffen der Aufständischen segnete. Von hier ging der Funke des griechischen Befreiungskampfes gegen die osmanische Herrschaft aus. Es dauerte neun lange Jahre, viele Schlachten, bürgerkriegsähnliche Streitigkeiten und die tatkräftige, vor allem finanzielle Unterstützung der Gewahrsamsmächte England, Frankreich und Russland, bis der noch recht kleine unabhängige Staat Griechenland aus dem Ei kroch.

Ungleich furchtbarer verfuhr das Schicksal mit Kalavrita im 2. Weltkrieg. Der Ort steht als Sühnezeichen des Naziterrors auf einer Linie mit Ouradour und Lidice. Die Schicksalstage des Dezember 1943 sollen hier näher beschrieben werden.

Nach Mussolinis fehlgeschlagenem Überfall auf Griechenland im Oktober 1940 entschloss sich Hitler im April '41, die Südflanke zu erobern, um danach freie Hand für das Unternehmen „Barbarossa", den Einmarsch nach Russland, zu haben. Bis Ende Mai waren Jugoslawien und Griechenland einschließlich der Insel Kreta von der deutschen Wehrmacht besetzt. Nach der Kapitulation der griechischen Armee wurde der größte Teil Mittel- und Südgriechenlands von italienischen Besatzungstruppen eingenommen. Sie hatten es, ebenso wie die deutsche Wehrmacht, von Beginn an mit massivem Widerstand diverser Partisanenorganisationen zu tun. Aus Angst vor einer Anlandung der Alliierten an den Küsten der Peloponnes wurden im Mai 1943 stärkere deutsche Kontingente auf die Halbinsel verlegt, nicht zuletzt wegen großer Zweifel an der Bündnistreue Italiens. Die Krise setzte denn allzu bald mit der Absetzung und Verhaftung Mus-

solinis im Juli '43 ein, so dass ab September die Deutschen allein die Peloponnes besetzten.
Eine ihrer wichtigsten Aufgaben neben dem Schutz der Küste war die Bandenbekämpfung. Noch Ende August wurde ein deutsch-italienisches Säuberungsunternehmen gestartet, welches auch das Gebiet um Kalavrita umfasste. In der Umgebung wurden die Italiener nicht fündig, doch wurden deutsche Truppen, nachdem sie das Kloster Agia Lawra durchsucht hatten, beim Betreten des Ortes von einzelnen Partisanen angegriffen. Dieser Vorfall bekräftigte den deutschen Befehlshaber in seiner Ansicht, dass Kalavrita das Zentrum der Partisanenaktivitäten sei. Den Fluchtort Soudena brannten sie kurzerhand nieder. Kalavrita selbst kam noch einmal davon, nicht ohne die furchtbare Drohung der deutschen Truppe, dass sie den Ort niederbrennen würden, wenn sie nochmals Partisanen dort antreffen sollten.
Anfang Oktober wurde dann erneut der Befehl für ein Aufklärungsunternehmen im Großraum Aigion – Diakofto – Kalavrita gegeben. Obwohl der erste Trupp am 15.10. in Gefahr geriet, von Andarten umzingelt zu werden, wurde gleich am nächsten Tag ein unzureichend ausgerüsteter Verband von knapp 100 Soldaten (ohne Funkgeräte und Maultiere) ins Gebiet geschickt, welches von Hauptmann Schober angeführt wurde. Am Nachmittag des 16.10. wurden sie nördlich von Kalavrita bei der Ortschaft Kerpini angegriffen. Zehn Soldaten gelang es am darauffolgenden Tag zu fliehen, der Rest ergab sich schließlich am Abend des 17.10., neun Griechen und vier

Deutsche fanden in der „Schlacht von Kerpini“ den Tod. Die gefangenen deutschen Soldaten wurden in die Volksschule von Kalavrita gebracht und eingeschlossen. Als der Aufklärungstrupp am Abend des 17.10. nicht zum Kap Tripia zurückkam, wurde noch um Mitternacht eine Kompanie in Marsch gesetzt, die Nachforschungen anstellen sollte. Als dann am 18.10. ein Vermisster auftauchte und berichtete, was passiert war, wurden weitere zwei Kompanien losgeschickt, eine davon aus Patras. Diese ca. 500 Mann starke Truppe nahm am nächsten Tag (19.10.) den Raum nördlich Kalavrita (Rogoi, Kerpini) ein. Ihnen war allerdings strikt untersagt worden, in Kalavrita selbst einzumarschieren. Auch wussten sie freilich noch nicht, dass noch am 18.10. drei verwundete deutsche Soldaten aus dem dortigen Krankenhaus herausgeholt und ermordet worden waren. Ihnen blieb weiter nichts übrig, als nach der Beerdigung der vier in der Schlacht getöteten Soldaten am 20.10. um 6 Uhr den Rückmarsch anzutreten.
Während also die 78 deutschen Gefangenen in Klitoria (damals Mazeika) und Umgebung zur Zwangsarbeit herangezogen wurden, nahmen Truppen der Wehrmacht in einer koordinierten Aktion gegen Andarten und kommunistische Sympathisanten in Kalamata, Sparta, Patras und Tripolis etwa 3000 Geiseln fest, die in Lagern festgehalten wurden. Hierauf erfolgte als Antwort eine weitere starke Andartenaktivität.
Am 6.11.43 sprach die Wehrmacht ein Ultimatum aus, alle deutschen Gefangenen der ELAS freizulassen, und schon einen Tag später wurden bei Kalamata zwei Klös-

ter gestürmt sowie in Sparta knapp 100 jugendliche Mitglieder der EPON verhaftet. Die beiden letzten Novemberwochen waren schließlich geprägt von intensiven Verhandlungen zwecks Austausch von Gefangenen. Die Deutschen schickten angesehene Popen und Ortsvorsteher zu den Andarten, jedoch ohne Erfolg. Parallel dazu erfolgte freilich die Erschießung von Hunderten von Menschen als „Sühnemaßnahmen" in anderen Teilen der Peloponnes sowie ein Luftangriff auf das vermutete Hauptquartier in Skepasto bei Kalavrita. – Alles andere als gute Voraussetzungen für die Verhandlungen eines Gefangenenaustausches.

Die deutschen Truppen waren nunmehr gewillt, die Andarten im Norden der Peloponnes ein für alle Mal auszurotten und gleichzeitig deren deutsche Gefangenen zu befreien. Zu diesem Zweck wurde eine weit ausholende konzertierte Operation angesetzt, für die Truppenteile aus Tripolis, Patras, Aigion, Pirgos und Korinth in Marsch gesetzt wurden. Ziel war der Großraum Kalavrita, in dem man die Hauptkräfte der Andarten vermutete.

Während die ersten Einheiten unterwegs waren und beiläufig ein Kloster vernichteten, 48 Geiseln erhängten und teils verlassene Dörfer besetzten, wurden die gefangenen deutschen Soldaten von Klitoria in das unwegsame Gelände von Planiterou/Elatofiti verbracht. Westlich Kalavrita konnten die Andarten ihrer Einkesselung zuvorkommen, die Deutschen gingen leer aus. Während die Wehrmacht in Klitoria nach den vermissten Gefangenen forscht, werden diese in der Nacht vom 6. auf den

7. Dezember oberhalb von Elatofiti in völlig unwegsamem Gelände erschossen.
Nachdem es den Deutschen nicht gelungen ist, den Feind zum Gefecht zu stellen, wird das Unternehmen abgebrochen. Man schickt einen Suchtrupp nach Elatofiti. Mittlerweile hat sich ein Überlebender zu ihnen durchgeschlagen. Den Exekutionsort findet man nicht ohne Ortskundige, also bleibt zunächst nichts übrig als der Rückmarsch, nicht ohne vorher den letzten Aufenthaltsort der Gefangenen, Elatofiti, dem Erdboden gleichzumachen.
Nun erfolgt über Funk der berüchtigte Befehl für Sühnemaßnahmen. Am 8. Dezember werden von verschiedenen Truppenteilen die umliegenden Ortschaften von Kalavrita besetzt, abgebrannt sowie die männliche Bevölkerung erschossen, mal zwischen 16-45, dann wieder zwischen 18-60. Aus einigen kleinen Siedlungen waren die Bewohner in die Berge geflohen. Viele jedoch, die sich selbst als Gegner der kommunistischen Andarten betrachteten, vertrauten letztlich dem Ordnungs- und Gerechtigkeitssinn der deutschen Wehrmacht.
Auch die Bewohner von Kalavrita waren nicht geflohen. Für sie begannen jetzt fünf schicksalsschwere Tage. Am Donnerstag, dem 9. Dezember besetzten deutsche Truppen den Ort. Sie verlangten vom Bürgermeister eine Namensliste der geflüchteten Andarten, um danach deren Häuser niederzubrennen. Die Anwesenden schienen wieder einmal mit dem Leben davongekommen zu sein. Weil es bei einem Gefecht mit den Andarten in der Nordwestpeloponnes (Lalas) 15 Tote, 6 Schwerverletzte

und hohe Materialverluste für die Deutschen gegeben hatte und weil der Gegner nicht gestellt werden konnte, befahl der kommandierende General Le Suire sogar den Abbruch des gesamten Unternehmens und den Rückmarsch der beteiligten Truppenteile bis zum 13.12. Dies war am Freitag, dem 10. Dezember erfolgt. Allerdings sollten die abrückenden Einheiten das Gebiet, durch welches sie sich zurückziehen, „säubern". Und speziell für Klitoria und Kalavrita ordnete er an, sie dem Erdboden gleichzumachen.

Nunmehr wurde für Kalavrita eine Ausgangssperre verfügt. Fünf Leute, die danach außerhalb ihrer Wohnungen angetroffen wurden, erschoss man kurzerhand. Am Samstag, dem 11. Dezember spitzte die Lage sich weiter zu. Während ein Suchtrupp nach Planiterou geschickt wurde, um endgültig die Leichen der exekutierten Gefangenen zu finden, befragte man in Kalavrita eingehend die Menschen, die etwas mit den drei getöteten Verwundeten aus dem dortigen Krankenhaus zu tun haben könnten.

Am Sonntag, dem 12. Dezember fand man durch ortskundige Griechen die Leichen von 70 toten deutschen Soldaten, die provisorisch verscharrt wurden. Anschließend erschoss man zehn dieser Führer, einer konnte entkommen. Auf dem Rückmarsch nach Klitoria wurden weitere Ortschaften niedergebrannt. In Kalavrita nahm das Schicksal nun seinen weiteren grausamen Verlauf. Die drei getöteten Verwundeten wurden feierlich bestattet. Danach transportierte man alle Schafe und Ziegen aus der Region ab. Am Abend warnten einige wenige einquartierte Offiziere ihre Gastgeber eindringlich, sie

mögen sofort bzw. in der Nacht in die Berge fliehen. Dies scheint indes niemand ernsthaft in Erwägung gezogen bzw. aus Rücksicht auf die Familie verworfen zu haben.
So brach der Montag an, der verfluchte 13. Dezember. Die Deutschen befahlen allen Einwohnern, sich in der Volksschule gegenüber dem Bahnhof zu versammeln. Frauen, Kinder, Alte, Kranke, alle gingen, wurden gestützt oder getragen. Es müssen gegen 2000 Menschen gewesen sein, die auf dem gesamten Schulgelände zusammengetrieben wurden. Die Deutschen trennten die 15-65 jährige männliche vom Rest der Bevölkerung. Während Frauen, Kinder und Alte in der Volksschule eingesperrt wurden, führte man die Männer auf den sogenannten Kapi-Acker etwas außerhalb des Ortes. Um die Mittagszeit legten die Soldaten Feuer in der Stadt, welches sich schnell ausbreitete. Gleichzeitig wurden die Männer von Maschinengewehrsalven erschossen: 511 wurden niedergestreckt.
Den Frauen gelang es schließlich, die Schule zu verlassen, nur um ihre toten Ehemänner, Väter, Brüder und Söhne vorzufinden. Einige wenige hatten überlebt, teils schwerverletzt. Während das Feuer in Kalavrita sich ausbreitete, kontrollierten die deutschen Soldaten, ob alle Häuser leer wären. Dabei kamen sie dazu, als ein Mann seiner Frau half, ein Kind zu gebären, ein Mädchen. Die spätere Frau hat in ihrem ganzen Leben niemals ihren Geburtstag gefeiert – sie wird ihn eher verflucht haben. Durch den alles verzehrenden Brand blieb die Uhr an der orthodoxen Kirche stehen und kündet noch heute von der furchtbaren Stunde: 14.33 Uhr.
Auf dem weiteren Rückmarsch der Wehrmacht von

Kalavrita an die Küste steckten die Soldaten weitere Ortschaften in Brand, auch die Klöster wurden zerstört und geplündert, gewissenhafte Mönche ermordet.
Als am 14.12. auch Klitoria niedergebrannt wurde, waren alle Einwohner längst geflohen. Lediglich zwei Jugendliche wurden auf der Stelle erschossen. Einen Tag später tauchten die ersten Andarten in Kalavrita auf. Sie waren einem Frontalzusammenstoß mit den Deutschen wohlweislich aus dem Wege gegangen, hatten jedoch somit die Bevölkerung ans Messer geliefert.
Am 19.12. hatten die letzten Einsatzgruppen ihre Stützpunkte wieder erreicht. Das Unternehmen, die Andarten zu vernichten, war gescheitert. Unendliches Leid blieb zurück...

12 Blutiger Geburtstag

Ihr Name ist Vassiliki Anastopoulou. Geboren wurde sie am Montag, dem 13. Dezember 1943 in Kalavrita. Kurz nachdem sie das Licht dieser Welt erblickt hatte, wurde ihr Vater von den Nazis erschossen. Vassilis Anastopoulos wurde nur 40 Jahre alt. Seine Tochter wird niemals in ihrem Leben ihren Geburtstag feiern! Dies ist die Geschichte ihrer blutigen Geburt.

Die deutsche Wehrmacht hatte in den ersten Dezembertagen eine große Säuberungsaktion gegen die Andarten auf den Weg gebracht. Diese waren immer dreister geworden, hatten zuletzt sogar eine ganze deutsche Kompanie gefangen genommen und schließlich hingerichtet. Das Geschäft der Rache und Sühne blühte auf beiden Seiten, die Deutschen drohten die Kontrolle über die Ereignisse zu verlieren. In den nahegelegenen Ortschaften und den beiden wichtigen Klöstern hatten die Nazis bereits ihr barbarisches Geschäft verrichtet: viele Ortschaften dem Erdboden gleichgemacht, die männliche Bevölkerung über 16 Jahren erschossen, die Klöster niedergebrannt, die Mönche ermordet.

Als die Deutschen schließlich am Donnerstag, dem 9. Dezember Kalavrita besetzten, war der allgemeine Schrecken groß. Fast alle Bewohner waren im Ort geblieben und nicht in die Berge geflohen, was in Anbetracht der Ereignisse der letzten Tage durchaus sinnvoll gewesen wäre. Aber offensichtlich war sich die Bevölkerung keiner Schuld bewusst und vertraute dem Gerechtigkeitsverständnis der deutschen Besatzer.

Die Kalavritaner waren keineswegs durchaus auf Seiten der Partisanen. Bis jetzt hatten sie, um den Frieden in ihrem Städtchen zu erhalten, alle Auflagen der Nazis erfüllt. Die Nähe der beiden bedeutenden Klöster sowie größerer Andartenverbände brachten jedoch dauernde Gefahren mit sich, indem sich die Deutschen bei der Zivilbevölkerung für begangene Überfälle oder Sabotageakte rächten. So war es ja in den letzten Tagen etwa in Rogoi, Kerpini oder Zachlorou auf furchtbare Weise geschehen.

Nun war es zu spät! Die Deutschen besetzten den Ort und ließen einstweilen die Häuser von bekannten Kommunisten abbrennen. Vassilis Anastopoulos war sehr in Sorge um seine Frau Olga, die hochschwanger war. Das war sein Grund, weshalb eine Flucht undenkbar war. Er hoffte auch auf eine milde Behandlung durch die Deutschen. Am sichersten jedoch war es allemal, unsichtbar zu bleiben. Vielleicht würde wieder einmal alles gut werden...

Und tatsächlich sah es am Freitag, dem 10. Dezember danach aus. Die Deutschen erklärten das gesamte Unternehmen für beendet, weil es ihnen nicht gelungen war, größere Partisanenverbände zu stellen bzw. zu liquidieren. Einige Bewohner verließen daher an diesem Freitag den Ort, um in den umliegenden Dörfern ihren Geschäften nachzugehen. Sie wurden darin von den deutschen Truppen in keiner Weise gehindert. Allerdings hatte der kommandierende General Le Suire mit dem Abzug der Truppen eine großangelegte „Säuberung" vieler Ortschaften befohlen, darunter speziell die Orte Mazeika und Kalavrita dem Erdboden gleichzumachen, also völlig einzuäschern. Den ersteren, weil in seiner Umgebung wochenlang die gefangene Kompanie festgehalten wurde, letzteren sicher, weil er dort das Zentrum der Unterstützung der Andarten vermutete. Über Kalavrita also war bereits am 10. Dezember der Stab gebrochen. Es ging allerdings nur darum, alle Gebäude zu vernichten, die Menschen sollten am Leben bleiben.

All das wussten die Einwohner der Stadt natürlich nicht, war es doch noch nicht einmal dem gewöhnlichen deutschen Soldaten bekannt. Während also am Morgen große Teile der Kampfgruppe den Ort verließen und ihn offenbar jedermann frei verlassen durfte, wich die Anspannung und die Leute gingen wieder ihren normalen Tätigkeiten nach.

Auch für Olga Anastopoulou bedeutete dies eine Beruhigung, sie konnte nun alle Konzentration auf die baldige Niederkunft legen. Es würde nicht mehr allzu lange dauern, die älteren Frauen meinten, es könne sich nur noch um wenige Tage handeln. Sie spürte das Kind in ihrem Leib deutlich, wenn es sich leicht drehte und die Füßchen bewegte. Allerdings war die allgemeine Lage dermaßen angespannt, dass sie manchmal völlig vergaß, wo sie war und was mit ihr geschah. Auch hatte sie Angst um ihren Mann Vassilis. Der wich keinen Augenblick von ihrer Seite, spürend, wie fragil die Situation war, wie schnell etwas Unvorhergesehenes passieren könnte.

Und während sich viele Einwohner in Sicherheit wägten und manche mit ihren Gedanken schon wieder ganz im Alltag waren, besetzten im Laufe dieses Freitags drei neue

Kampfgruppen der 117. Jägerdivision Kalavrita. Es war augenblicklich klar, dass sich der Wind völlig gedreht hatte. Diese neue Truppe verhielt sich völlig anders als die heute Morgen erst abgezogene. Der Ton war nicht nur rauer, es wurde knapp und kalt befohlen. Um 17 Uhr bezog Major Ebersberger, der Leiter des Unternehmens, seinen Gefechtsstand in der Ortsmitte und verkündete ab sofort eine strikte Ausgangssperre bis auf weiteres. In Zukunft habe sich jedermann ab 16 Uhr zu Hause aufzuhalten, also mit Einsetzen der Dämmerung. Wer danach in den Straßen angetroffen wird, würde ohne Warnung erschossen werden. Die Einwohner waren bestürzt. Was hatte das nun wieder zu bedeuten? Eben noch hatten sie frohlockt, die Gefahr wäre an ihnen vorbei gezogen – nun spürten sie eine bleierne Angst. Die unmenschlichen Befehle der Einsatztruppe waren ihnen zwar nicht bekannt, aber deren Anspannung vor ihrem zweifellos unangenehmen Einsatz übertrug sich nun auf die Bevölkerung. Vollends klar wurde ihnen ihre bittere Lage, als die Deutschen zwei Einheimische und einen Italiener, von denen man vermutete, dass sie mit den Andarten kooperierten, vielleicht selbst welche waren, beim Versuch festnahmen, die Stadt nach der Sperrstunde zu verlassen. Sie wurden kurz darauf gemeinsam mit zwei weiteren Männern erschossen.

Man fühlte sich in der Falle. Das hatte es bis jetzt so noch nicht gegeben: Kalavrita wurde von der Besatzungstruppe sozusagen abgeriegelt. Noch am Abend sowie am folgenden Tag begann Major Ebersberger den Bürgermeister sowie die übrigen Honoratioren regelrecht zu verhören über die Aktivitäten der Andarten in Kalavrita und Umgebung. Besonders jedoch interessierte ihn der Verbleib der drei Verletzten aus der Kompanie Schober, die nach dem Gefecht von Kerpini im Krankenhaus in Kalavrita zurückgelassen wurden. Von deren Existenz wiederum hatten sie von den beiden Überlebenden der Exekution dieser Kompanie am 6. Dezember oberhalb Mazi durch die griechischen Andarten erfahren. Die Wahrheit ließ sich nicht lange vertuschen, die Deutschen erfuhren vom grausamen Schicksal ihrer Kameraden. Mittlerweile waren sie auf dem Friedhof bestattet worden auf Veranlassung des Bürgermeisters.

Nun wurden die Leichen exhumiert und seziert, um die genaue Todesursache zu bestimmen. Die Obduktion fand im Beisein von deutschen Militärärzten sowie zwei Ärzten aus Kalavrita statt. Alle Anwesenden waren über den Zustand der Leichen entsetzt. Natürlich verbreitete sich diese Nachricht in Windeseile im ganzen Ort. Immer noch glaubte die Mehrheit, es würde ihnen nichts passieren, sie seien ja nicht Schuld am Tod der drei Deutschen. Die Soldaten des Einsatzkommandos dagegen vergingen vor Zorn. Sie hätten am liebsten sofort den Ort in Schutt und Asche gelegt. Für einen Soldaten ist es die größte Sünde, einen verletzten und auf Hilfe angewiesenen Kameraden oder gegnerischen Kämpfer heimtückisch zu ermorden. Sie spürten, dass sie im Falle einer Verwundung in keiner Weise geschützt wären. Zwar hatten tatsächlich Zivilärzte und Personal die Verwundeten im Krankenhaus Kalavrita aufgenommen und behandelt. Die Gesetze der Partisanen dagegen kannten nur Freund oder Feind. Der Feind war immer und überall zu liquidieren! Hier und jetzt wurde den deutschen Soldaten nachhaltig bewusst, dass sie als Eindringlinge unrechtmäßig ein Volk unterjochten, welches sich rechtmäßig, jedenfalls moralisch, mit allen Mitteln wehren konnte, ja musste! Für die Andarten waren die Deutschen Freiwild! Die Befragungen wurden bis in den Abend fortgesetzt, um die Schuldigen zu ermitteln. Dabei stellte sich heraus, dass die Deutschen über viele detaillierte Informationen verfügten im Zusammenhang mit der Gefangennahme der Schober-Kompanie. Offenbar gab es Spitzel in der Zivilbevölkerung, anders war dies nicht zu erklären.

Am Sonntag, dem 12. Dezember wurden die drei exhumierten Leichen der deutschen Soldaten mit allen militärischen Ehren bestattet, bei der auch Abordnungen der Einwohner Kalavritas anwesend waren. Die Atmosphäre ihnen gegenüber war eisig. Man tat ihnen gewiss unrecht. Ihr medizinisches Personal hatte die drei wahrhaftig fürsorglich behandelt. Auch für sie handelte es sich um einen heimtückischen Mord, den sie leider nicht verhindern konnten. Als die deutsche Zeremonie vorüber war und die Deutschen sich zurückgezogen hatten, konnten sie diesen Ort des Schreckens noch nicht verlassen. Der Anwalt Katsinis ergriff das Wort und brachte im Namen aller Einwohner sein Entsetzen über diese Tat zum Ausdruck. Er verurteilte die heimtückischen jungen Mörder aus dem Nachbardorf und konnte den Schmerz auf der Seite der deutschen Soldaten nachempfinden. Diese hatten wiederum nichts mehr von der Rede mitbekommen.

Nach Beendigung des offiziellen Teils der Bestattung hatten sie reichlich zu tun, die umfangreichen Vorbereitungen für die befohlene „Sühnemaßnahme“ auszuführen. Der gesamte Viehbestand des Ortes und der Umgebung musste zusammengetrieben und für den Abtrieb bereitgehalten werden. Den Hirten erzählte man, man würde nur einen Teil der Tiere einbehalten, so dass sie bei ihren Herden blieben. Es waren über 1500 Schafe sowie einige Dutzend Huftiere.

Ein weiterer schwerer Schatten legte sich auf das Schicksal Kalavritas, als die Entdeckung der 70 Leichen der Schober-Kompanie in der Schlucht bei Mazi an diesem gleichen Sonntag bekannt wurde. Sie waren furchtbar zugerichtet durch den Sturz die Felsen hinab. Es baute sich eine Wand von Hass auf Seiten der Deutschen gegenüber den Griechen auf. Nicht allein, dass drei schwer Verwundete in einem zivilen Krankenhaus ermordet worden waren – eine ganze Kompanie war buchstäblich massakriert.

Die Bevölkerung von Kalavrita muss von alldem gewusst haben, sie haben die Andarten mindestens gedeckt und gegenüber den Deutschen geschwiegen. So jedenfalls reimten sich die Deutschen die Sache zusammen. Es konnte doch gar nicht anders sein. Zwar beteuerten die Honoratioren der Stadt, der Bürgermeister, die Lehrer, der Advokat, der Bankleiter und die wichtigsten Geschäftsleute bei jeder Gelegenheit ihre Unterwürfigkeit unter die Gesetzgebung der Besatzungsmacht. Wenn es jedoch darauf ankam, kostbare Leben zu retten, waren sie völlig macht- und einflusslos gegenüber den Andarten. Und sicher, ganz sicher deckten sie den einen oder ande-

ren aus ihrer Mitte, der den Kommunisten als Späher, Spitzel oder geheimer Mitkämpfer diente.
In wiederholten Anläufen schickten diese Honoratioren nun Abordnungen zum deutschen örtlichen Befehlshaber Major Ebersberger. Sie spürten deutlich, wie sich da eine Schlinge um ihren Hals legte und versuchten mit allen Mitteln, den Deutschen zu besänftigen. Dieser aber hatte längst das Vertrauen in die Bevölkerung von Kalavrita verloren. Die Taktik und Handlungsweise der Andarten verurteilte er aufs Schärfste, es war feige und unmilitärisch, hilflose Menschen heimtückisch zu ermorden. Wer dem tatenlos zusieht und lediglich mit den immer gleichen salbungsvollen Worten beschwichtigen will, hat nichts Besseres als Tod und Vernichtung verdient. Für Major Ebersberger war klar, wie die von General Le Suire befohlenen Sühnemaßnahmen auszusehen hatten: den Ort in Schutt und Asche legen und: Vernichtung der männlichen Bevölkerung!
Am Abend des 12. Dezember 1943 ließ Ebersberger seine Offiziere in seinen Befehlsstand in der Ortsmitte bitten. Was er ihnen zu sagen bzw. zu befehlen hatte, war für die meisten von ihnen schwer zu begreifen, kaum zu verarbeiten. Nicht nur sollten sie am nächsten Morgen die gesamte Bevölkerung zusammentreiben und den Ort niederbrennen, es sollte auch die männliche Bevölkerung zwischen 15 und 65 Jahren als Sühnemaßnahme erschossen werden. Selbstverständlich wurden alle, wie üblich, zu strengstem Stillschweigen verdonnert. Jedoch war der innere Druck für manche zu hoch, um das alles mit sich selbst abzumachen. Sie warnten ihre griechischen Gast-

geber, bei denen sie einquartiert waren, nachdrücklich, ermunterten sie eindringlich, in der Nacht zu fliehen, sprachen sogar Klartext mit einigen. Es ist davon auszugehen, dass größere Teile der Einwohnerschaft von diesen Warnungen bzw. Gerüchten gehört hatten.

Vielen muss die Konsequenz klar gewesen sein, doch nur sehr wenige zogen daraus ihre Schlüsse. Die Stadt in der Nacht zu verlassen trauten sie sich nicht, es wimmelte nur so von bewaffneten Streifen. Sie versteckten sich in Ställen oder Heuhaufen und harrten der Dinge, die passieren würden. Sollten Olga und ihr Mann Vassilis Anastopoulos gewarnt worden sein, muss ihre Angst noch größer geworden sein. Was hätten sie tun können? Eine Flucht kam für Olga absolut nicht in Frage, jeden Augenblick konnte die Geburt ausgelöst werden. Vassilis wiederum war nicht bereit, seine Frau unter diesen Umständen allein zurückzulassen und alleine zu fliehen. Andererseits bedeutet Bleiben die völlige Unsicherheit – vielleicht den Tod. Die Lage war aussichtslos.

Aber auch für die meisten, die die Warnung der Deutschen ernst genommen und sich versteckt hatten, war die Lage kaum günstiger. Sie alle hatten ihre Familien zurückgelassen und kauerten Stunden in ihren Verstecken. Dabei gingen ihnen viele Gedanken durch den Kopf: was, wenn die Besatzer ihren Frauen und Kindern ein Leid antun, als Rache dafür, dass der Mann verschwunden ist? Verstecken müssen sich doch eigentlich nur Kommunisten und Andarten.

Fast alle kehrten in den frühen Morgenstunden des Montag in ihre Wohnungen und Häuser zurück. Einige mögen immer noch gehofft haben, dass die Deutschen, Abkömmlinge eines großen Kulturvolkes, es nicht übers Herz brächten, die gesamte männliche Bevölkerung umzubringen. So etwas Undenkbares, Unvorstellbares, Barbarisches ging in ihre Köpfe nicht hinein. So schlecht konnte kein Volk sein! So grausam konnten Menschen nicht sein…

Die meisten Einwohner in Kalavrita werden die Nacht von Sonntag auf Montag schlecht oder gar nicht geschlafen haben. Eine große innere Unruhe hatte von ihnen Besitz ergriffen. Sie hofften darauf, dass sich die Lage schnell entspannen würde, obwohl es viele von ihnen besser wussten…

Um sechs Uhr morgens läutete die Kirchturmglocke. Das ist in Griechenland immer das Signal für ein äußerst wichtiges Ereignis: Feiertage, Mobilisierung, Krieg, Sieg… Dieses Mal konnte es nichts Gutes bedeuten. Der Gemeindediener ging durch die Straßen und rief laut aus, dass sich ausnahmslos alle Bewohner mit einer Tagesration Verpflegung und einer Decke in der Volksschule einzufinden haben. Es kamen auch gleich danach deutsche Soldaten in jedes Haus, die laut schrien: „Alles raus hier! Raus! Raus!“ Dabei fuchtelten sie mit ihren Pistolen in der Luft herum. Auf den Straßen war es noch dunkel, es lag dichter Nebel auf der Stadt, man konnte nur schemenhaft etwas erkennen. Jetzt wäre eine günstige Gelegenheit gewesen, den Ort unbemerkt zu verlassen. Aber fast jeder hatte Familie, Kinder, hilfsbedürftige Alte, die er nicht zurücklassen wollte und die nicht mit auf die Flucht hätten gehen können.

Und so sah man ganze Familien langsam zur Schule gehen, Alte wurden gestützt, manche auf Schubkarren gefahren, ein junges Paar mit einem Säugling im Arm. Einzelne deutsche Soldaten trösteten die Menschen, sie selber hatten ja auch noch immer keine Ahnung, was passieren sollte. Man deutete ihnen, alles nicht so schlimm, euch wird sicher nichts passieren. Geht nur ruhig zur Schule.
Olga und Vassilis jedoch entschieden, nicht mitzugehen, sich in ihrem Haus zu verstecken, zusammen mit einer alten Frau, ganz in schwarz gekleidet, die als Hebamme dienen sollte. Die ersten Wehen hatten eigesetzt, Olga war äußerst beunruhigt, dass es gerade jetzt zur Geburt kommen sollte. Ihr Mann Vassilis war noch aufgeregter, ließ sich aber nichts anmerken. Die Alte verrichtete routiniert ihre Arbeit, setzte Wasser in einem großen Bottich auf den Herd, holte Handtücher, bereitete ein Lager.
Die Menschen verließen nun in Scharen ihre Häuser, angetrieben von den deutschen Soldaten, die immerfort schrien: „Raus! Raus!" Dabei passierten seltsame Dinge. Männer, die kaum humpeln konnten, bestanden darauf, mit ihrem Holzbein ebenfalls zur Schule zu wanken. Eine alte demente Frau deutete die eigenartige Wanderung als willkommene Abwechslung. Nur mit Mühe gelang es, ihr hysterisches Lachen zu unterdrücken. Mehr als 2000 Einwohner Kalavritas befanden sich nun auf dem Weg zur Volksschule oder waren bereits dort angekommen.
Es war leise um Olga und Vassilis geworden. Olga saß in einem großen Lehnstuhl und zählte langsam die Dauer der Wehen mit. Man hörte keine Soldaten mehr schreien,

kein Geschlurfe der Menschen auf der Straße, nur das tiefe Atmen der Hochschwangeren und die bangen Fragen ihres Mannes nach ihrem Befinden. Wie immer war die Frau bei weitem gefasster als der Mann. Dieses Kind war ihr großer Wunsch und sie würde es zur Welt bringen – gegen die ganze deutsche Wehrmacht, wenn es sein musste. Trotz ihres großen Mutes machte sich erneut eine starke Unruhe breit. Sie fühlte sich in ihrer kleinen Wohnung schutzlos ausgeliefert. Die Deutschen würden sie und ihren Mann allzu leicht bemerken. Deshalb drängte sie ihn und die Alte, ins gegenüberliegende Hotel Pantheon überzusiedeln. Dort würde es mehr Platz, ein weiches Lager für die Geburt und bessere sanitäre Bedingungen geben. Außerdem könnte sich Vassilis dort gut verstecken. Die Chance, nicht entdeckt zu werden, war viel größer.

Das leuchtete auch den anderen ein und so trat die Alte auf die Straße hinaus. Als sie niemanden entdeckte, winkte sie Olga und Vassilis zu und alle drei huschten ins nahe Hotel. Auch hier war alles still, offenbar hatten alle der Aufforderung Folge geleistet und sich zur Schule begeben. Sie suchten sich ein geräumiges Zimmer aus und die Alte machte sich wieder an ihre Arbeit. Vassilis versteckte sich für alle Fälle im Obergeschoss, man konnte nie wissen!

Langsam begannen die Wehen länger zu dauern, sie kamen in kürzeren Abständen und schmerzten stärker. Die Alte betastete den Bauch und den Muttermund und beruhigte Olga, es sei noch nicht soweit, noch ein, zwei Stunden würde es dauern. Die drei im Hotel wussten nicht, was um sie herum passierte, sie lebten in ihrer eigenen Welt, in ihrer eigenen Zeitrechnung. Hin und wieder drangen Wortfetzen deutscher Befehle oder Ausrufe zu ihnen. Im obersten Stockwerk bemühte sich Vassilis vorsichtig, aus dem Fenster zu spähen, um zu erfahren, was die Deutschen mit den Einwohnern Kalavritas vorhaben. Möglicherweise sollten die arbeitsfähigen Männer mit der Zahnradbahn an die Küste gebracht werden, um Arbeitsdienste zu leisten. Das würde doch erklären, weshalb sie Verpflegung für einen Tag und eine Decke mitnehmen sollten. Aber was sollten dann Frauen, Kinder und Alte in der Schule?

Mittlerweile war die Sonne aufgegangen und der dichte Nebel lichtete sich nach und nach. Vassilis vermeinte, ein anschwellendes Getrampel zu hören, dazwischen Geschrei und Klirren von Waffen. Und dann erahnte er mehr als er ihn richtig sah einen langen Zug von Menschen, der sich langsam aus dem Ort hinaus bewegte, bergauf in Richtung des Kapi-Feldes. Zweifellos, das waren die Männer Kalavritas. Führte man sie zum Arbeitsdienst? Er schaute nach unten zu seiner Frau Olga. Sie saß auf einem gepolsterten Stuhl, die Alte knetete ihren Bauch, strich in Wellenbewegungen abwärts, fühlte, horchte. „Bald ist es soweit!“ sagte sie. „Geh wieder nach oben! Ich sage dir Bescheid!“ Vassilis gehorchte der Frau. Oben war jetzt alles ruhig. Er konnte keinerlei Bewegung aus seinem Versteck ausmachen. Eine eigenartige Ruhe hatte sich über das Städtchen ausgebreitet. Die Ruhe vor dem Sturm!

Es ging auf die Mittagszeit zu, als die starken Geburtswehen einsetzten. Er hörte das laute Stöhnen seiner Frau und ging nach unten, um ihr beizustehen. Er vermeinte, Qualm zu riechen, irgendwo musste es brennen. Die Alte befahl ihm, er solle sich hinter Olga stellen und sie festhalten. Olga schrie auf, presste, die Alte holte mit einem Drehgriff das Köpfchen und gleich darauf den Körper des Neugeborenen. Sie legte es auf den Bauch der Mutter. „Es ist ein Mädchen!" sagte sie. Plötzlich standen zwei deutsche Soldaten mit Gewehren im Arm in der Zimmertür. Im ersten Augenblick waren sie völlig verblüfft. Dann aber zerrten sie Vassilis am Arm, schrien ihn an: „Raus hier, raus!" Zurück blieben die Alte, Olga und ihr Neugeborenes. Dies war der einzige Moment, in dem Vassilis seine Tochter gesehen hat. Die Deutschen trieben ihn zu den anderen Männern auf das Kapi-Feld. Seine Frau fand ihn später, erschossen von den Nazis.

Als ihr Mann abgeführt wurde, fühlte Olga nichts als Erschöpfung und Mutlosigkeit. Wäre die Alte nicht gewesen, wer weiß, vielleicht hätte sie in ihrer Verzweiflung das Neugeborene getötet. So aber wurden sie und ihr Baby versorgt, sie wurde getröstet und ermuntert, der Kleinen ihre Mutterliebe zu zeigen. Sie nahm das kleine Wesen in ihre Arme, fühlte eine tiefe Zuneigung und Harmonie, gleichzeitig liefen dicke Tränen über ihre Wangen. Die Alte wurde unruhig, es roch stark nach Qualm, man hörte das Knistern von Flammen. Sie schaute auf die Straße. Fast alle Gebäude standen in Flammen, einige drohten bereits einzustürzen. Seltsamerweise stand das Hotel Pantheon unversehrt da, es bestand auch wohl keine Gefahr, dass die Flammen von Nachbarhäusern überspringen könnten. Es war eine gespenstische Atmosphäre. In diesem zerstörerischen Chaos war eben ein neuer Erdenbürger geboren, ein kleines unschuldiges Mädchen, das, gerade eben auf die Welt gekommen, schon ihren Vater verloren hatte.

Die Alte ging zurück ins Haus. Gerade jetzt brauchten Mutter und Kind sie. Draußen war die Hölle los. Die deutschen Soldaten hatten von ihrem Befehlshaber den Auftrag bekommen, die Stadt einzuäschern, und das taten sie mit deutscher Gründlichkeit. Das Hotel verschonten sie dabei tatsächlich wegen der Gebärenden. Frauen und Kinder sollten auch im Krieg nach Möglichkeit kein Leid zugefügt werden. Das waren die Gesetze der sauberen Wehrmacht...

Die Alte schloss die Fenster, damit kein Rauch eindringen konnte. Trotzdem war nun von draußen Lärm wahrzunehmen. Man hörte Frauen schreien, einzelne Schüsse und über allem erhob sich plötzlich das regelmäßige Rattern von Maschinengewehren. Die Alte erstarrte, sagte kein Wort, schaute zu Olga. Sie hoffte, diese würde den Geräuschen keine Bedeutung zumessen. Olga durfte sich jetzt nicht aufregen, zu ihrer eigenen Sicherheit und der ihres Kindes. Sie, die Alte, wusste in diesem Augenblick instinktiv, dass etwas Furchtbares passierte. Das Blut gefror ihr in den Adern. Sie versuchte zu beten, aber es funktionierte nicht. Sie bekreuzigte sich dreimal hintereinander und sagte leise: „Mein Gott! Heilige Mutter Gottes!“

Das Mädchen bekam später den Namen Vassiliki. Was soll man zu ihrem Geburtsort sagen? Sie wurde in einem sterbenden Ort geboren, im Augenblick der Auslöschung. Das alte Kalavrita gab es mit ihrer Geburt nicht mehr! Der 13. Dezember 1943 ist ihr Geburtstag, der 1. Januar ihr Namenstag. Gefeiert hat sie keinen von beiden je in ihrem Leben. Immer waren es bittere Tage der Erinnerung an eine Zeit, in der ein Menschenleben nicht viel galt. Immer, wenn sie die stehengebliebene alte Kirchturmuhr anschaute, und sie ging später täglich in die Kirche, bekam sie das Gefühl, als ob auch in ihr etwas stehengeblieben, etwas zerstört sei, irreparabel. Aber genau so, wie der Turm halbwegs stabil da stand, ging auch sie durch ihr weiteres Leben.

Nachwort

Bei dem vorliegenden Büchlein handelt es sich natürlich nicht um einen Reiseführer. Der würde die wunderschöne Umgebung von Kalavrita mit exzellenten Wintersportmöglichkeiten würdigen. Ein kleiner Abschnitt würde pflichtgemäß kurz auf die Ereignisse im Dezember 1943 hinweisen. Es soll aber auch nicht einladen, die Region auf der Grundlage dieser Katastrophe zu bereisen. Das wäre eine Art Kriegstourismus, hinreichend bekannt aus Gallipoli (Niederlage der Alliierten 1915) und aus der Normandie (Invasion 1944).

Wem wäre damit gedient? Diese Gefahr besteht allerdings sicher nicht im Fall Kalavrita. Es kamen schließlich weit weniger Menschen ums Leben als in den Schlachten der genannten Orte. Es gibt also nicht so viele Nachfahren, die immer wieder die Plätze des Gedenkens an ihre Vorfahren aufsuchen. Im Sinne einer Völkerverständigung ist es gleichwohl wichtig, zu verstehen, was damals passiert ist und wie die heutigen Menschen damit umgehen. Deshalb wurde dieses Buch geschrieben!

Die Daten und Namen der Rahmenhandlung entsprechen der Realität. Einige Namen von Nebenhandlungen sind erfunden. Das Handeln der Menschen, ihre Gefühle und Motivation sind vom Autor nachempfunden und somit fiktiv.

Weiterführende Literatur

Loukia Droulia, Hagen Fleischer (Hrsg.):
Von Lidice bis Kalavryta. Widerstand und Besatzungsterror, Berlin 1999

Hagen Fleischer: Im Kreuzschatten der Mächte.
Griechenland 1941-1944, Frankfurt/Main 1986

Antonis Kakoyannis: The Cursed Day.
Eyewitness Accounts of the Nazi Massacres during Operation Kalavryta, 2019

Herrmann Frank Meyer: Von Wien nach Kalavryta.
Die blutige Spur der 117. Jäger-Division durch Serbien und Griechenland, Mannheim u. Möhnesee 2002

Zeitlicher Verlauf

September 1943

9.9. Kapitulation Italiens
Italienische Garnison in Kalavrita
Agia Lavra Hauptquartier für den ELAS-Kommandeur Dimitrios Michos
Besetzung der Stadt Kalavrita durch Michos
Italiener setzen sich in die Berge ab

10.9. Deutsche Truppen marschieren in Kalavrita ein, entwaffnen die Italiener
Abmarsch nach Aigion
Andarten verteilen Lebensmittel

18.9. erneuter Einmarsch von Andarten unter Führung von Kapetan Gkikas
Gründung eines Volksgerichtes/kommunistischen Regimes

Oktober 1943

8.10. Befehl Raum Aigion / Wege nach Kalavrita zu erkunden wegen Bandentätigkeit

14.10. Befehl Erkundung und Aufklärung im Raum Kalavrita – Niamata – Tripia
Vorbereitung Großunternehmen

Ab 15.10. Oberst Bourquin Stellvertreter für General Le Suire (Heimaturlaub)

16.10. eine Luftwaffenfeldkompanie wird von den Andarten bei Oinoi (nw. Magoula) aufgerieben: Mehr als 100 Tote, 30 Gefangene wurden massakriert;
Aufklärungs- und Propagandakampagne, um Andarten zu mässigen;
Abrücken der Kompanie (Leitung Hauptmann Schober);
16.45 Uhr Überfall durch ca. 200 Andarten

17.10. Übernachtung auf Anhöhe zwischen Kerpini und Kalavrita
Andarten holen weitere 200 Mann Verstärkung;
Ausbruchsversuch nordwestlich und westlich Kerpini;
Gegen Abend Kapitulation der Gruppe Schober, 10 Mann entkommen;
Abends: deutsche Kompanie als Gefangene der ELAS in Volksschule Kalavrita eingesperrt;
Mitternacht: Abmarsch Nachforschungskompanie ab Tripia / Diakofto;
Siebenwöchige Gefangenschaft: Hauptmann Schober gibt Befehl für Verbot Fluchtversuch

18.10. 2.00 Uhr erster Vermisster trifft in Tripia ein;
15.00 Uhr Abmarsch einer Kompanie aus Patras mit LKW nach Diakofto (insg. 500 Mann);

17.00 Uhr Abmarsch einer weiteren Kompanie; Racheakt zweier junger Männer aus Soudema: sie bringen drei deutsche Verwundete im Krankenhaus Kalavrita um

19.10. „Kampfgruppe Ebersberger“ Gefechtsstand nördl. Doumena; Eindringen in Doumena;
Eine Kompanie geht auf Rogoi und Kerpini vor, Einzug in Kerpini: Bergung der Gräber (4 Tote); Abmarsch der gefangenen Deutschen nach Mazeika (= Klitoria) südl. Planiterou

20.10. Rückmarsch der deutschen Kompanien

23.-25.10. Festnahme tausender Zivilisten („kommunistischer Sympatisanten“) in Kalamata, Sparta, Tripolis (ca. 3000 Geiseln);
Gewaltmarsch zum Sammellager Korinth

November 1943

Starke Andartentätigkeit; immer häufigere schwere Übergriffe von Wehrmachtssoldaten gegen Sicherheit und Eigentum der griechischen Bevölkerung

5.11. 117. Jägerdivision bekommt Recht von Feldkommandantur, Sühnemaßnahmen eigenmächtig durchzuführen

6.11. Ultimatum der Wehrmacht, alle Gefangenen der ELAS freizulassen

7.11. Klöster Dimiovis und Velanidia gestürmt und geplündert (bei Kalamata);
Sparta: Verhaftung von 97 jugendlichen EPON-Mitgliedern

Bis Mitte November:
117. Jägerdivision hat ca. 4000 Geiseln zusammen getrieben;
Deutsche schicken zunächst griechische Delegation zu Verhandlungen wegen Gefangenenaustausch;
Verhandlungen werden halbherzig geführt

21.11. Rückkehr Le Suire aus dem Urlaub:
das bergige Innenland der Peloponnes stehe „völlig unter der Herrschaft der Banden“

24.11. Erschießung von 20 Kommunistenführern als „vorläufige Sühnemaßnahme“

26.11. Erschießung weiterer 118 Menschen

29.11. Abbruch der Verhandlungen über den Gefangenenaustausch;
Luftangriff von 12 Stuka auf vermutetes HQ ELAS in Skepasto / Kalavrita

30.11. Feuerüberfall der Andarten im Bahnhof Andritsa (südwestl. Argos)

Dezember 1943

3.12. Ernennung von Le Suire zum Generalmajor „Kampfkommandant der Peloponnes“;
50 Geiseln erschossen für den Überfall am 2.12. in Aigion;
Kampfgruppe Gnass fährt von Tripolis nach Langadia („Täuschungsmanöver“), am gleichen Tag nach Vitina

4.12. Kampfgruppe Wölfinger bricht in Patras auf: Vernichtung Kloster Omblou;
Kampfgruppe Ebersberger bricht in Aigion auf: Derveni verlassen, Selissa, Mamousia besetzt

5.12. Erhängung von 48 Geiseln als Sühne;
Kampfgruppe Gnass Weitermarsch nach Mazeika;
Gefecht bei Pangrati unter Beteiligung von Turkmenen auf Seiten der ELAS;
Abmarsch der 77 Gefangenen nach Kallithea (nordwestl. Klitoria), dann nach Planiterou

6./7.12. Erschießungen, Niederbrennen von Häusern, Kloster Agios Athanasios;

Kampfgruppe Wölfinger im Raum Chalandritsa, kesseln Region ein, Andarten entkommen

6.12. britischer Verbindungsoffizier Andrewes kommt vom HQ Elatofiti (Mazi) nach Planiterou;
Michos befiehlt, Gefangene freizulassen, widerspricht sich dann jedoch

6./7.12. Erschießung der Gefangenen oberhalb Mazi

7.12. Einrücken der Wehrmacht in Mazeika
Le Suite stellt Misserfolg, Feind zum Gefecht zu stellen, fest;
Befehl Unternehmen „Stieglitz“ und „Büffel“

8.12. 2.00 Uhr Aufbruch Suchtrupp nach Mazi;
Einrücken in Planiterou, Besetzung Mazi;
Exekutionsstelle nicht gefunden;
Mazi dem Erdboden gleichgemacht;
Britische Expedition kehrt nach Abzug der Deutschen zurück in Villa Brown;
19.00 Uhr Rückmarsch mit einem Überlebenden;
Le Suire befiehlt über Funk Sühnemaßnahmen:
Niederbrennen Orte im Raum,
Erschießen der männlichen Bevölkerung zwischen 16 und 65 Jahren;
Besetzung Rogoi: Plünderung, Erschießung der männlichen Bevölkerung (drei Überlebende), Brandschatzung;

Besetzung Kerpini durch Abteilung der Kampfgruppe Ebersberger;
Nach Abmarsch Erhalt des Befehls Le Suire „Sühne“, Rückkehr;
Unterhalb Kerpini Richtung Kalavrita Exekution der 16-45 jährigen Männer des Ortes;
Kerpini abgebrannt;
Kampfgruppe Ebersberger besetzt Ano und Kato Zahlorou: Ermordung von 21 Männern zwischen 18 und 60 Jahren;
Besetzung des Klosters Mega Spilaion und Beschießung/Zerstörung; weitere 22 Männer ermordet;
abends: Kampfgruppe Wölfinger umstellt Skepasto
Kampfgruppe Gnass besetzt Passhöhe Kastelli;
Besetzung westl. Tripotama; Abbrennen einzelner Häuser

8./9.12. Abbrennen von ca. 60 Gebäuden in Ano und Kato Zahlorou

9.12. Zerstörung der Siedlungen Avles, Agia Kiriaki (nw. Kalavrita) sowie Bahnhof Kerpini, danach Souvardo und Vrachni (östl. Kalavrita), beide unbewohnt;
Besetzung von Kalavrita: Bewohner waren nicht geflohen;
Deutsche verlangen Namensliste der geflüchteten Andarten vom Bürgermeister:

Niederbrennen deren Häuser;
Einrücken in Skepasto: Festhalten von 317 Männern vier Stunden lang auf dem Feld;
danach wurden sie freigelassen, sie flüchteten alle in die Berge;
Motorisierte Kolonne von Pyrgos nach Lalas, Gebiet weiträumig abgesperrt;
22. Jägerregiment umstellt Nemea: Abbrennen von Häusern, die Kommunisten gehören;
Vorrücken über Kaliani, Karteri, Kastania (vor der Ebene von Feneos);
Nordöstl. Lalas Feuergefecht mit Andarten, deutsche Verluste: 15 Tote und 6 Schwerverletzte, hohe Materialverluste

10.12. General Le Suire befiehlt Abbruch Unternehmen „Kalavrita", weil Andarten entwichen (nach Elis und Korinthia);
bis 13.12. Rückmarsch, davor „Säubern";
Neuer Sühnebefehl: Mazeika und Kalavrita dem Erdboden gleichmachen;
Kampfgruppe Ebersberger besetzt Kalavrita: Ausgangssperre, Erschießung von 5 Leuten

11.12. Kampfgruppe Kockert marschiert nach Planiterou, Kampieren in Zelten;
Exhumierung der Leichen der drei getöteten verwundeten Deutschen aus dem Krankenhaus Kalavrita;
Befragungen

12.12. Suche nach den ermordeten deutschen gefangenen Soldaten;
Bergung von 70 Toten, provisorisch verscharrt (Magerou, nordöstl. Elatofiti);
Deutsche erschießen 10 Griechen, die sie zu den Leichen geführt hatten (einer entkommt);
Rückmarsch Planiterou, Niederbrennen von Tourlada, Valtos, Agios Nikolaos, Arbouna, Planiterou (die gesamte Bevölkerung war geflohen);
Rückkehr nach Mazeika;
Feierliche Bestattung der drei deutschen Soldaten aus dem Krankenhaus Kalavrita,
Abtransport von Schafen und Ziegen aus der Region;
Abends: einige wenige Anwohner werden von einquartierten deutschen Offizieren gewarnt;
Talstaffel Kampfgruppe Wölfinger trifft zurück in Patras ein

13.12. gewaltsame Versammlung aller Bürger in Volksschule gegenüber dem Bahnhof; mehr als 2000 Einwohner;
Separierung der Männer von 15 bis 65 Jahren
Mittag: Deutsche legen Feuer in der Stadt; eingeschlossene Frauen, Kinder, Alte in der Schule schnappen nach Luft;
Erschießung der Männer auf dem Acker des Kapi-Hügels: 511 Männer insgesamt;
Deutsche erbeuten 270 Mio. Drachmen aus der Bank;

Die Kirchturmuhr bleibt um 14.33 Uhr stehen

14.12. provisorische Bestattung der Leichen;
Rückmarsch der deutschen Kampfgruppen, dabei in Brand gesteckt: Agia Lavra (5 Tote),
Plünderung Mega Spilaion;
Ein Jagdzug bleibt bis 20.12. in der Nähe des Bahnhofs Kerpini;
Niederbrennen von Skepasto, Valta, Klapatsouna (Plataniotissa) nordwestl. Kerpini, Fteri, Pirgaki, Melissia;
Teilnehmer des Unternehmens „Büffel" zurück in Pirgos;
Niederbrennen von Mazeika; zwei Jugendliche werden exekutiert, alle übrigen Einwohner waren geflohen

15.12. 5 Männer werden in der Nähe des Bahnhofs Kerpini erschossen;
Erste Andarten tauchen in Kalavrita auf, werden von den Frauen stark angefeindet; unter ihnen Kapetan Dimitrios Michos;
Rückkehr der Kampfgruppe nach Aigion;
Eintreffen der Kampfgruppe Wölfinger zurück in Patras;
Teilnehmer des Unternehmens „Stieglitz" „ohne Feindberührung" zurück in Korinth

19.12. Kampfgruppe Kockert zurück in Megalopoli;
Aufklärungsabteilung aus Tripolis mit LKW und

Maultieren nehmen in Mazeika 16 Griechen mit in Richtung Magerou

20.12. Bergung der erschossenen deutschen Soldaten in den Bergen

21.12. Ankunft in Mazeika: die Griechen werden freigelassen

23.12. Beerdigung auf dem „Heldenfriedhof“ in Tripolis

31.12. Vollzugs-Fernschreiben:

> 25 Ortschaften, 3 Klöster zerstört,
> 696 Griechen erschossen;
> In weiteren Ortschaften Dutzende Häuser niedergebrannt
> Insgesamt Zerstörungen in über 50 Ortschaften

Vom selben Autor:

Meteora – zwischen Himmel und Erde Die gebirgige Klosterlandschaft der Meteora zwischen Kalabaka und Kastraki gehört zum Weltkulturerbe. Sie wird von Hunderttausenden Menschen jedes Jahr aus nah und fern besucht. Die meisten von ihnen fahren mit dem Bus oder dem Auto zu den Klöstern.

Dieses kleine Büchlein möchte dazu einladen, abseits der Straßen tief in die Welt der Orthodoxie einzutauchen, zu meditieren und den kleinen Dingen am Wegesrand Beachtung zu schenken. Ein uralter Baum, majestätische Störche auf der Kirchenkuppel oder die Ruinen längst vergangener Klöster oder Einsiedeleien - all diese Dinge möchten uns ihre Geschichte erzählen!

BoD - Books on Demand, Norderstedt, ISBN: 978-3-7528-0465-2

Das Meteora Wanderbuch – Zu Fuß auf den beliebtesten Routen zu den Klöstern Zehn Wanderrouten laden ein, die Meteoragegend kennenzulernen. Sie verbinden die Klosterwelt, Naturschönheiten und großartige Aussichten. Abstecher in Nachbarorte führen zu geschichtlichen Denkmälern. Im Nachbartal erleben wir meditative Ruhe abseits der Touristenströme. Außerdem erkunden wir den Hauptort Kalabaka mit seinen Kirchen, Museen sowie historischen Plätzen.

BoD - Books on Demand, Norderstedt, ISBN: 978-3-7431-1330-5